戦国ぼっち8

Protect Kyoto from the evil !!

瀧津 孝

桜ノ杜ぶんこ

目次

★この物語はフィクションであり、
一部を除いて登場する団体・人物などの名称はすべて架空のものです。

これまでのあらすじ

戦国時代をこよなく愛する高校生・高杉一郎太《たかすぎいちろうた》。彼は、周りから「歴ヲタ」と呼ばれる【ぼっち】であった！　一郎太《いちろうた》は突然謎の光に包まれ、戦国時代の籠城《ろうじょう》中の城・九尾山城《くおやまじょう》にタイムトリップしてしまう。押し寄せる北条《ほうじょう》の大軍に加え、軍師の暗殺《あんさつ》や裏切者の暗躍《あんやく》など……次から次へとピンチが続く九尾山城《くおやまじょう》。

一郎太《いちろうた》は家老《かろう》の娘・三好麗《みよしれい》や海野《うんの》家姫君・有貴《ゆき》姫《ひめ》、猟師《りょうし》の娘・りよ、真田《さなだ》家のくノ一・風葉《かざは》と運命的に出会い？　彼女たちと協力して裏切者を暴《あば》き、籠城《ろうじょう》戦を成功に導く。そして一郎太《いちろうた》は麗《れい》に別れを告げて無事に元の時代に帰るのだった。

（一巻　九尾山城《くおやまじょう》籠城《ろうじょう》戦）

現代に戻り、秋葉原をブラブラしていた一郎太《いちろうた》はコスプレ会場で、時空を越えてやってきた三好《みよし》麗《れい》と再会する。麗《れい》の話によると「有貴姫《ゆきひめ》に大変なことが起こっていて助けてほしい」とのことだった。現代に戻れる確証もなく一抹《いちまつ》の不安を覚える一郎太《いちろうた》であったが、謎の光に包まれ、再び戦国時代にタイムトリップする。

有貴姫《ゆきひめ》の救出に成功しホッとする一行。しかし、新たな事件に巻き込まれた結果、羽柴秀吉《はしばひでよし》と見《まみ》え、直属《ちょくぞく》の忍《しの》び目付《めつけ》になってしまうのだった!?

そんな折、秀吉《ひでよし》配下の船奉行《ふなぶぎょう》・小西行長《こにしゆきなが》が建造した海上の巨大戦艦〝九頭竜丸《くずりゅうまる》〟が奪われる事件が発生。解決を望む一郎太《いちろうた》一行は、偶然再会を果たした別役《べっちゃく》りよ、新たに加わった海賊《かいぞく》娘・村上沙希《むらかみさき》と共に〝九頭竜丸《くずりゅうまる》〟奪還《だっかん》作戦を決行し、どうにか事件を解決する。（二巻　九頭竜丸《くずりゅうまる》事件）

九頭竜丸《くずりゅうまる》事件解決後、大坂に戻るはずだった一《いち》郎太《ろうた》は、来島村上《くるしまむらかみ》水軍頭領《とうりょう》・村上通総《むらかみみちふさ》から「霊験あらたかなる巫女《みこ》が道後《どうご》にいる」という情報を聞く。この巫女《みこ》こそ一郎太《いちろうた》が現代に戻るための鍵ともいえる人物。

巫女《みこ》に会うため一郎太《いちろうた》は、仲間と一緒に伊予《いよ》の道後《どうご》、さらに海路で九州の豊後《ぶんご》へ向かう。順調にみえた船旅。しかし嵐により船は難破《なんぱ》し、一行はバラバラになってしまう。麗《れい》と共に砂浜で目を覚ました一郎太《いちろうた》。遭難した仲間を探すため森に入った一郎太《いちろうた》は、後ろ姿が麗《れい》にそっくりな少女と出会

い、兵士に襲われていた彼女を助太刀《すけだち》して救う。

少女の名は「高良熊《こうらくま》」。九州の大名・大友《おおとも》家に属する野武士《のぶし》の娘で、熊《くま》は大友《おおとも》家と敵対する島津《しまづ》家の秘密兵器〝亀甲車《きっこうしゃ》〟を調査しているところだった。仲間と無事に再会した一郎太《いちろうた》は、戦国時代の戦車——亀甲車《きっこうしゃ》を破壊すると言って聞かぬ熊《くま》に同行。しかし、島津《しまづ》軍の反撃に遭い、島津《しまづ》が陸繋島《りくけいとう》に建築中であった縣浜城《あがたはまじょう》に籠城し、海路による大友《おおとも》領への脱出のチャンスを窺《うかが》うことになる。

そんな中、一郎太《いちろうた》たちの前に新型の亀甲車《きっこうしゃ》軍団、さらに、複数の砲門を備え、鋼板で覆《おお》われた巨大亀甲車《きっこうしゃ》〝鉄獅子《てつじし》号〟が現れ、島津《しまづ》軍は一郎太《いちろうた》たち一行を追い詰めてゆく。窮地《きゅうち》に陥《おちい》る一行だが、一《いち》郎太《ろうた》の作戦の下、熊《くま》の指揮する鉄砲隊〝おなご組〟や仲間達の力により何とか敵の撃破に成功!!

ところが喜びも束《つか》の間。島津《しまづ》軍に人質を取られたことによって、ついに島津《しまづ》軍に捕縛《ほばく》される。

磔刑《たっけい》に処されることになった一郎太《いちろうた》と熊《くま》。絶体絶命なそのときに、仲間と思いがけない援軍が現れたのだった。（三巻、四巻　亀甲車《きっこうしゃ》破壊作戦）

亀甲車《きっこうしゃ》破壊作戦後、巫女《みこ》がいる京へ向かおうとする一郎太《いちろうた》の元に、りよの父・別役茂平《べっちゃくもへい》が現れる。茂平《もへい》の話では瀬戸内で軍船が沈められる事件が相次ぎ、それが〝幽霊船〟の仕業《しわざ》であるという噂《うわさ》が広がっているという。

秀吉《ひでよし》の命により、一郎太《いちろうた》は再び瀬戸内海へ向かい調査に当たるが難航する。そんな折一郎太《いちろうた》たちの船は謎の船の襲撃を受ける。襲撃者は九頭竜丸《くずりゅうまる》事件の首謀者《しゅぼうしゃ》の一人――死んだはずの男・越智《おち》玄《げん》養斎《ようさい》だった。一郎太《いちろうた》は玄養斎《げんようさい》たちの猛攻で死を覚悟したものの、能島《のしま》村上水軍・村上《むらかみ》沙希《さき》の助けで難を逃れる……が、悲劇は容赦《ようしゃ》なく一郎太《いちろうた》たちにふりかかる。襲撃から暫く経った夜半、一郎太《いちろうた》たちが見張る船が突如《とつじょ》〝幽霊船〟に襲われ、麗《れい》は帰らぬ人となってしまうのであった!!

悲しむ一郎太《いちろうた》の元に毛利領内の諜報《ちょうほう》にあたっていた風葉《かざは》が現れ、「安芸《あき》の毛利に不穏《ふおん》な動きあり」と告げる。一郎太《いちろうた》は真相を確かめるため、毛利輝《てる》元《もと》がいる草津城《くさつじょう》へ向かう。草津城《くさつじょう》での風葉《かざは》と沙希《さき》の調べで、輝元《てるもと》の目的が玄養斎《げんようさい》たちとの会合だと

判明。一郎太《いちろうた》たちは草津城《くさつじょう》内へと忍び込むことに。

会合では玄養斎《げんようさい》のほか、土佐《とさ》弁で語り自らを幕末の志士・坂本龍馬の変名〝才谷梅太郎《さいたにうめたろう》〟と名乗る謎の男が毛利家に対し、〝薩長《さっちょう》同盟〟という名の軍事同盟を持ちかけていた。さらに同盟の交渉手段として一連の幽霊船事件が絡んでいることを明かす。会合後一郎太《いちろうた》は同盟締結の可否を握る幽霊船事件解決に全力を注ぐことを決意。沙希《さき》に玄《げん》養斎《ようさい》たちの後を追わせ、自身は事件現場の一つである宮島の検証を行い、ついに幽霊船のカラクリの謎を解明する。

一郎太《いちろうた》は同盟の可否を決める二回目の会合に乗り込み、意外な人物達の手助けも加わり、玄養斎《げんようさい》たちの野望を挫《くじ》くことに成功する。

さらに敵の本拠地に乗り込む一郎太《いちろうた》は、才谷梅《さいたにうめ》太郎《たろう》と見《まみ》え、梅太郎《うめたろう》が一郎太《いちろうた》と同じ未来人・椿琢《つばきたく》磨《ま》であることを知る。一郎太《いちろうた》に共闘を持ち掛ける琢磨《たくま》。一郎太《いちろうた》はこれを拒否し、因島《いんのしま》村上水軍の攻撃も加わり、琢磨《たくま》と玄養斎《げんようさい》が率いる元能島《のしま》村上水軍残党を駆逐し、瀬戸内海を騒がしていた【幽霊船】騒動を解決したのであった。

事件を解決し、毛利輝元《てるもと》や因島《いんのしま》村上水軍頭領・村上吉充たちから感謝されるも、一郎太《いちろうた》らの心は晴れなかった。麗《れい》が死んだという事実は変わらず虚無感だけが一行を満たした。意気消沈する一郎《いちろう》太《た》たちの前に、巫女装束を纏《まと》った禿頭《かむろ》の少女が衝撃的な情報を一行に伝えたのだった。

「三好麗《みよしれい》というおなごはんは生きておいでや。今頃は京の都に着いていなさるやろう」と。

果たして麗《れい》は本当に生きているのだろうか？

（五巻、六巻　中国山陽道【幽霊船】編）

巫女装束の少女・雀憐《じゃくれん》の話では、麗《れい》は霊験あらたかなる巫女こと〝十六夜《いざよい》〟に海で助けられ、行動を共にしているとのことだった。雀憐《じゃくれん》と共に京に戻った一郎太《いちろうた》は、秀吉達から光る魔物〝鬼火《おにび》猩々《しょうじょう》〟が京の人々を襲い、しかも十六夜《いざよい》と麗《れい》も事件に巻き込まれ、行方不明であると聞く。

二人の行方を追うために事件解決に挑み、調査を進める一行の前に遂に鬼火猩々《おにびしょうじょう》が姿を現す。

ぼんやりと青白く光り、人々を切り刻むその生き物はまさしく魔物!? と思うや忽然と姿を消す。そしてその刹那、仮面を付けた謎の女騎士が現れ、一郎太《いちろうた》に襲いかかる。

「雅《みやび》! その者たちは〝鬼火猩々《おにびしょうじょう》〟ではない!」

仮面の少女に呼びかける一人の男。彼は調査の際に知り会った左大臣〝近衛信輔《このえのぶすけ》〟その人であった。聞くと信輔《のぶすけ》も鬼火猩々《おにびしょうじょう》事件解決にあたり、仮面の少女〝雅《みやび》〟は助っ人だと伝える。雅《みやび》と紹介されたものの、一郎太《いちろうた》たちは雅《みやび》に麗《れい》の面影を覚えるのだった……。

一行は魔物調査と並行して、雅《みやび》の正体を探ることに。そんな時転機が訪れる。事件に巻き込まれた一郎太《いちろうた》は雅《みやび》に助けられ、そのはずみで彼女の素顔を見ることに……そして雅《みやび》が麗《れい》であると確信する。雅《みやび》に詰め寄る一郎太《いちろうた》だったが、同行する信輔《のぶすけ》は「雅《みやび》が何らかの原因で記憶をなくしている」と言い、さらに「雅《みやび》を正室に迎える」意向があることを告げるのだった!!

麗《れい》は記憶を取り戻すのか? 鬼火猩々《おにびしょうじょう》の正体と事件に隠された真相と黒幕とは一体!?

【七巻 京の光る魔物事件 前編】

三《み》好《よし》麗《れい》

海野《うんの》家の家老《かろう》の一人娘。幼き頃より父・勝政《かつまさ》より剣術の指南を受けており、腕前は相当なもの。ハッキリとした性格で時に厳《きび》しい態度をすることもあるが、根は優しい女の子。一郎太《いちろうた》が未来から来たということを知る唯一の人物。胸は控《ひか》えめ。一郎太《いちろうた》たちと幽霊船事件を調査していたが、幽霊船の奇襲を受け船は沈み、帰らぬ人になったと思われたが……。

海野《うんの》 有貴《ゆき》
九尾山城城主《くおやまじょうじょうしゅ》・海野《うんの》景信の妹であり、海野《うんの》家の姫君。
通称「有貴姫《ゆきひめ》」。気品とお淑やかさを兼ね備えた姫君。
しかし、薙刀《なぎなた》の達人でもあり、行動力と肝の据わっ
たところもある。一郎太《いちろうた》が誤って、沐浴中の有貴姫《ゆきひめ》
の裸を見てしまった事件から、一郎太《いちろうた》を許嫁《いいなずけ》として
慕うことになった。大きくてふくよかな胸の持ち主。
キャラクター紹介

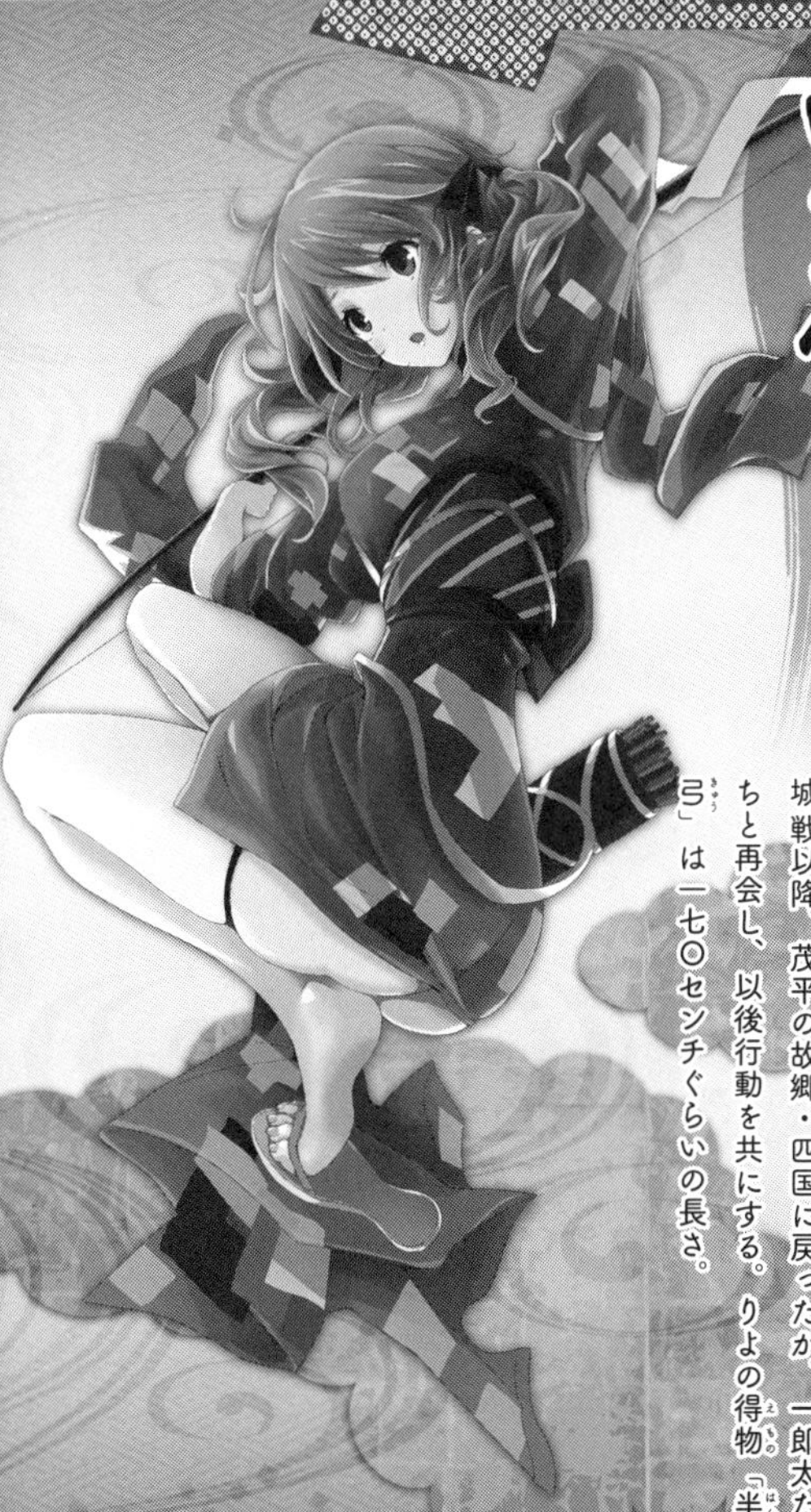

別役《べっちゃく》りよ

海野《うんの》家領内で猟師を営んでいた別役《べっちゃく》茂平《もへい》の娘。弓術の達人で、その腕前は茂平《もへい》も一目《いちもく》を置いている。言葉数が少なく恥ずかしがり屋な性格だが、一度決めたことは曲げない頑固な一面がある。九尾山《くおやま》城籠《じょうろう》城《じょう》戦以降、茂平《もへい》の故郷・四国に戻ったが、一郎太《いちろうた》たちと再会し、以後行動を共にする。りよの得物《えもの》「半弓《はんきゅう》」は一七〇センチぐらいの長さ。

風葉《かざは》

真田《さなだ》家の草《くさ》の者でいわゆる〝くノ一〟。全身に茶色の忍《しの》び装束《しょうぞく》をまとい、背中に刀を帯びている。回数控《ひか》えめなクールビューティー——でも蛙が苦手という可愛い部分もある。主に上州《じょうしゅう》方面の指揮を任され、九尾山城籠城《くおやまじょうろうじょう》戦で一郎太《いちろうた》と出会う。当初一郎《いちろう》太《た》を疑っていたが解消。有貴姫《ゆきひめ》救出作戦以後、真田《さなだ》幸村《ゆきむら》の指示で一郎太《いちろうた》と行動を共にしている。

村上《むらかみ》沙希《さき》

九頭竜丸《くずりゅうまる》を強奪した能島村上《のしまむらかみ》水軍離反者・村上《むらかみ》武政の妹。水軍特有の武器〝やがらもがら〟の遣《つか》い手であり、武政隊の副将格であった。短い髪や可愛い外見とは異なり、荒々《あらあら》しい水軍の中でも男勝りの活躍をしたことから〝おのこ姫〟と呼ばれている。九頭《くず》竜丸《りゅうまる》事件をきっかけに一郎太《いちろうた》たちと出会い、以後行動を共にすることになった。

雀憐《じゃくれん》

霊験《れいげん》あらたかなる巫女《みこ》・十六夜《いざよい》に従う女の子で、自称一番弟子。流行り病で両親と兄姉を亡くし、天涯《てんがい》孤独の身になる。自身も死ぬ寸前だったところを十六夜《いざよい》に助けられ、九死に一生を得る。以後、十六《いざ》夜《よい》の側を離れず、共に旅をしてきた。はしっこく行動力があり、食いしん坊でお茶目な少女。

高《たか》杉《すぎ》一《いち》郎《ろう》太《た》

主人公。高校二年生。仕事の都合で両親は海外にいるため、一人暮らしをしている。歴史オタクであり、学校では浮いた存在。群馬県を散策中、謎の光に包まれて、戦国時代にタイムトリップしてしまう。ずば抜けた運の良さと歴史の知識……そして姫君たちの協力で数々の難事件を解決してきた。現代に戻るために、霊験《れいげん》あらたかなる巫女《みこ》を探している。

キャラクター紹介

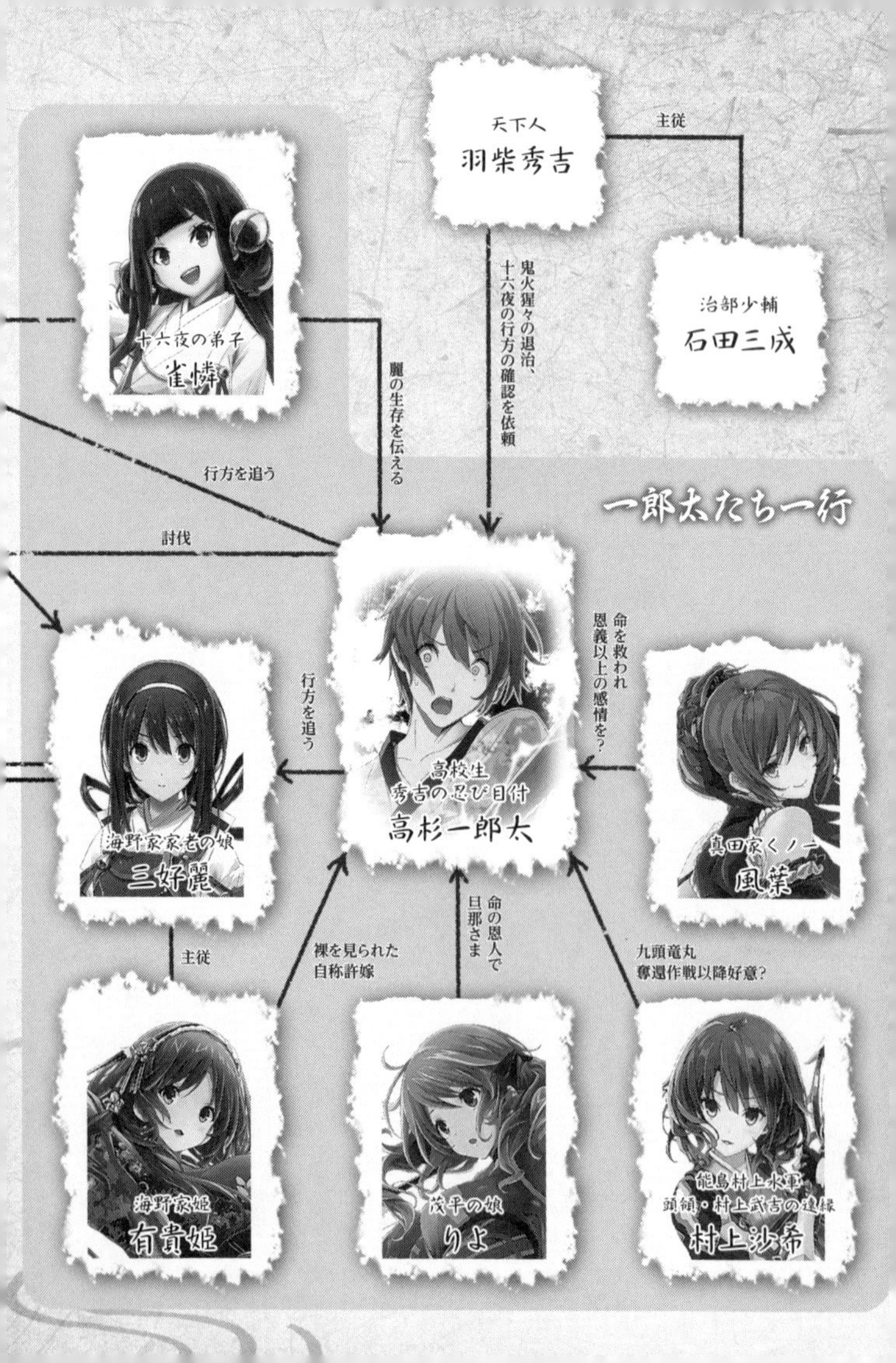

天下人
羽柴秀吉
主従
治部少輔
石田三成
鬼火猩々の退治、十六夜の行方の確認を依頼
十六夜の弟子
雀憐
麗の生存を伝える
行方を追う
討伐
一郎太たち一行
高校生
秀吉の忍び目付
高杉一郎太
行方を追う
命を救われ恩義以上の感情を？
海野家家老の娘
三好麗
真田家くノ一
風葉
主従
裸を見られた自称許嫁
命の恩人で旦那さま
九頭竜丸奪還作戦以降好意？
海野家姫
有貴姫
茂平の娘
りよ
能島村上水軍
頭領・村上武吉の遠縁
村上沙希

相関図

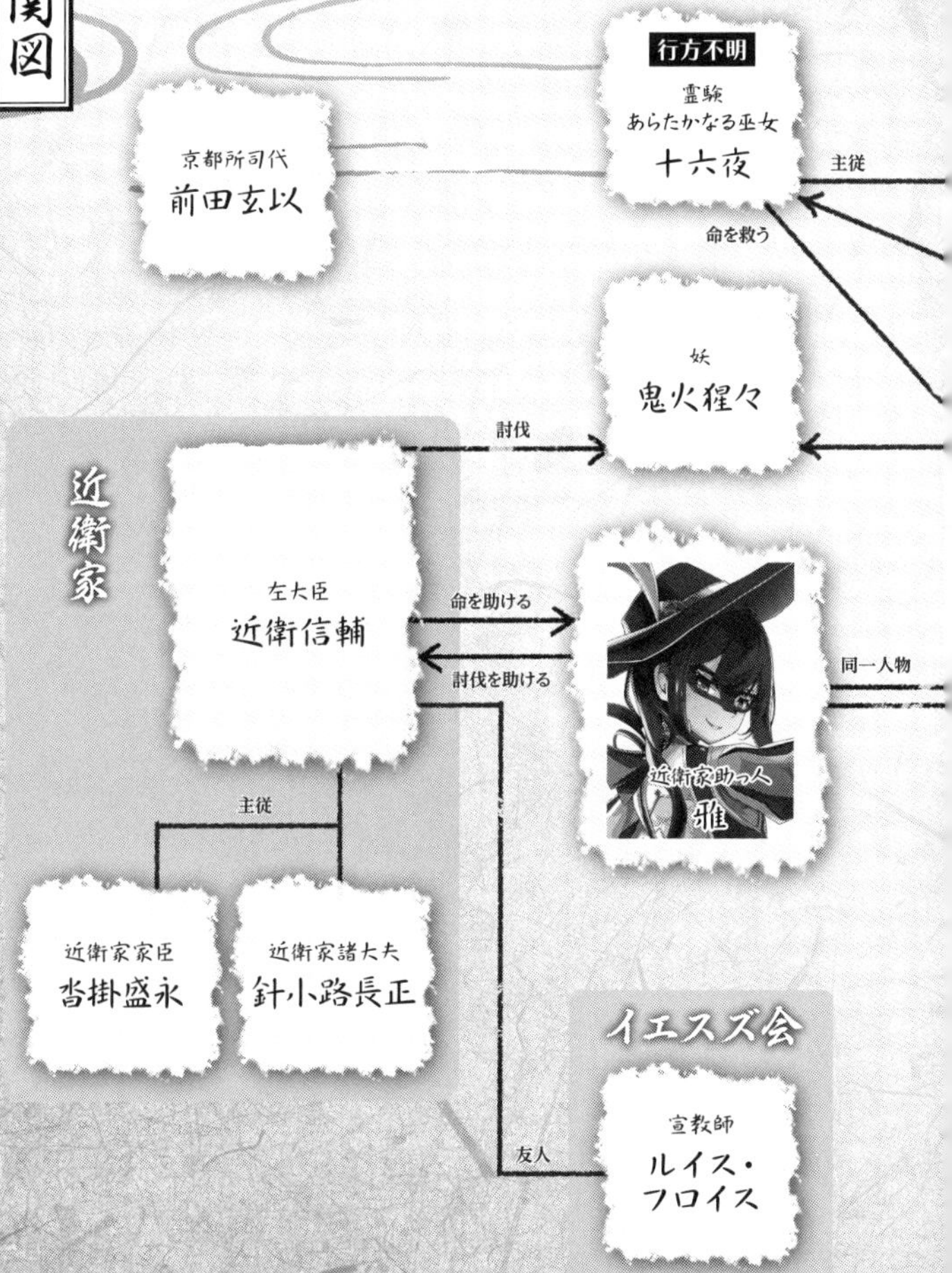

京都所司代
前田玄以
行方不明
霊験あらたかなる巫女
十六夜
主従
命を救う
妖
鬼火猩々
討伐
近衛家
左大臣
近衛信輔
命を助ける
討伐を助ける
同一人物
近衛家助っ人
雅
主従
近衛家家臣
沓掛盛永
近衛家諸大夫
針小路長正
イエスズ会
宣教師
ルイス・フロイス
友人

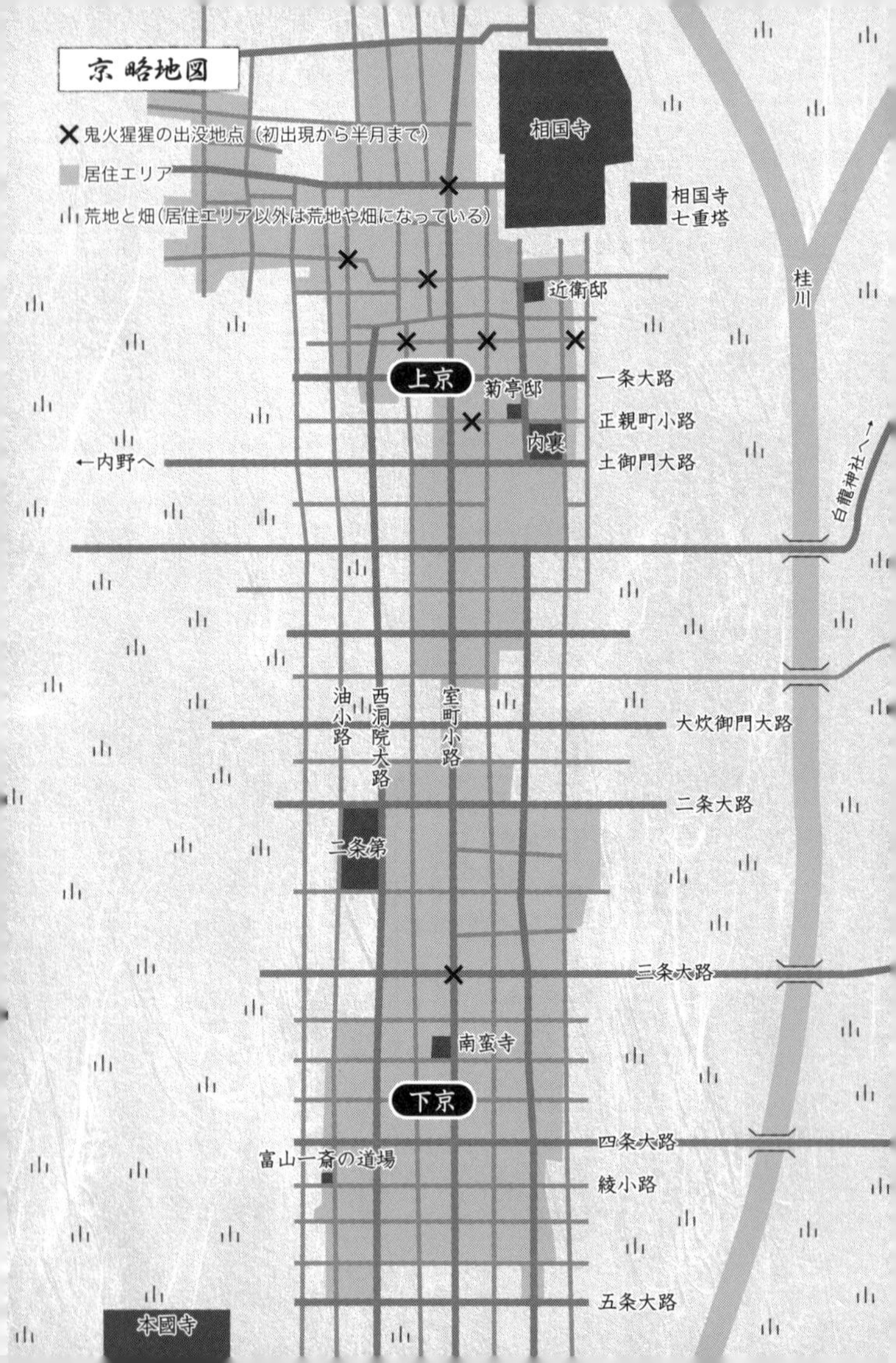
京 略地図
鬼火猩猩の出没地点（初出現から半月まで）
居住エリア
荒地と畑（居住エリアは以外は荒地や畑になっている）
相国寺
相国寺
七重塔
桂川
近衛邸
上京
一条大路
菊亭邸
正親町小路
内裏
←内野へ
土御門大路
白龍神社へ→
油小路
西洞院大路
室町小路
大炊御門大路
二条大路
二条第
三条大路
南蛮寺
下京
四条大路
富山一斎の道場
綾小路
五条大路
本國寺

一章　闇討ち

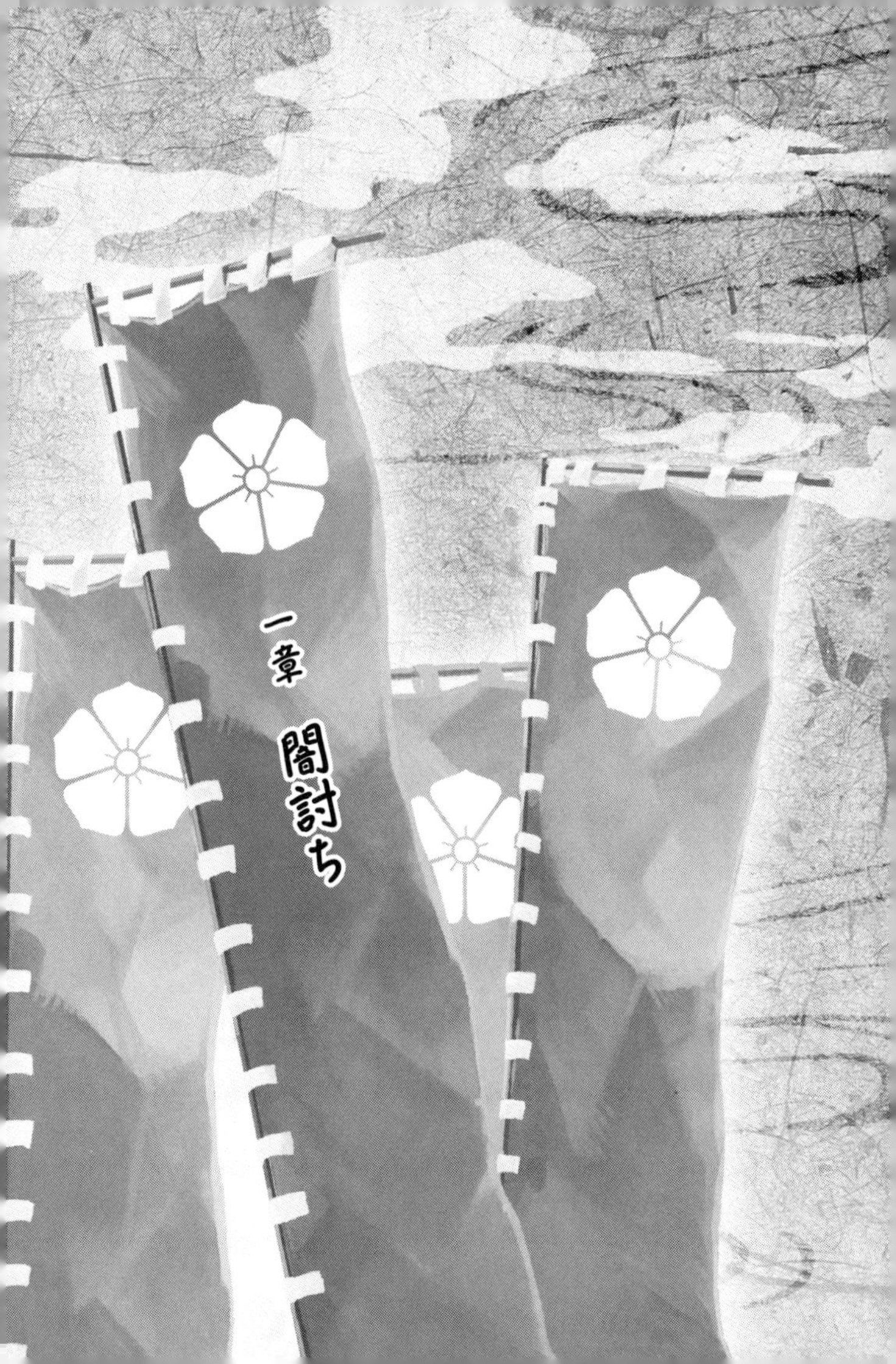

一章　闇討ち

「近衛《このえ》家は、高杉《たかすぎ》様とお連れの皆様を、この邸内にて人知れず亡き者にしようとしております！」

左大臣《さだいじん》・近衛信輔《このえのぶすけ》の屋敷の厠《かわや》で用を足そうとしていた俺に、風葉《かざは》があまりにも衝撃《しょうげき》的な情報を告げた。

そんなバカなことって、あるだろうか!?　さっきまであんなに親しく、心中を率直に語ってくれていたはずの信輔《のぶすけ》が、本当にだまし討ちを？

雅《みやび》……つまりは麗《れい》を巡って、大きなわだかまりが渦巻いているものの、信輔《のぶすけ》と力を合わせて都を騒がす魔物〝鬼火猩々《おにびしょうじょう》〟を討ち、不思議な癒やしの力を持つ巫女《みこ》・十六夜《いざよい》を救出しようと誓ったばかりなのに！

何が何やら、全く理解できない……。

俺は、高杉一郎太《たかすぎいちろうた》。現代の東京に住む戦国オタクの高校二年生……だったんだけど、ひょんなことから戦国時代にタイムスリップしてしまった。

時の天下人・羽柴秀吉《はしばひでよし》の旗本に取り立てられ、名目上は俺の〝家来〟になった有貴姫《ゆきひめ》、りよ、沙希《さき》の三人、そして真田《さなだ》家のくノ一・風葉《かざは》、新しく旅の仲間に加わった巫女《みこ》見習いのちびっこ・雀憐《じゃくれん》を伴って、当時は日本最大の都市として繁栄していた京の都に入っている。

秀吉《ひでよし》から、〝鬼火猩々《おにびしょうじょう》〟を退治し、行方不明となった十六夜《いざよい》の生死を確かめるよう命じられた俺たちは、左大臣《さだいじん》という朝廷《ちょうてい》の要職にありながら武士に憧れ、自らの手で〝鬼火《おにび》猩々《しょうじょう》〟を倒そうと意気込む若者・近衛信輔《このえのぶすけ》と知り合い、屋敷に招かれた。

そしてこの一つ屋根の下には、信輔《のぶすけ》に窮地《きゅうち》を救われ、行動を共にしている麗《れい》がいた！

いや、今は記憶を失い、俺たちの顔や名前も思い出せない彼女は、〝雅《みやび》〟と名付けられ、西洋の騎士の衣装に身を包み、まるで他人みたいに相対している。しかも、雅《みやび》と信輔《のぶすけ》の間には、相当親密な感情が芽生えつつある。

まるで恋人同士みたいな二人の仲むつまじい様子を見ていると、悔しくて仕方なく、情けなくも妬《ねた》ましい感情まで沸いてくる。

実際、信輔《のぶすけ》は俺たちに対して、雅《みやび》を嫁に迎えたいという意思を明らかにし、〝鬼火猩々《おにびしょうじょう》〟

退治の暁《あかつき》には、雅《みやび》からその返事をもらうと宣言した。

俺にしてみれば、いかに人の良さそうな信輔《のぶすけ》とは言え、相手が記憶喪失になってるのをいいことに、勝手極まりない話だ。それなのに、抗《あらが》いもせず、むしろ好意的な表情を見せる雅《みやび》……。

俺は、もうすっかり意気消沈し、夕餉《ゆうげ》に出されたご馳走にも食欲がわかず、中座して厠《かわや》に来ていた。

そして、一人別行動を取り、俺たちと合流するため近衛《このえ》邸にやってきた風葉《かざは》が見聞《みき》きしたとんでもない情報に、俺はただ愕然《がくぜん》とするばかりだった。

信輔《のぶすけ》と、信任厚い家臣・沓掛盛永《くつかけもりなが》の密談を裏付けるように、風葉《かざは》の探索ではすでに武装した浪人が二〇人近く邸内のあちこちに潜《ひそ》み、俺たちが寝入るのを待って討ち入る構えだという。

それでも、俺にはまだ信じられない。

「風葉《かざは》さん、二人は他にどんな話をしていたの？　どうして俺たちを殺さなきゃいけないのか、その理由は聞けた？　それに、この計画を主導してるのは信輔《のぶすけ》様なの？」

「企《くわだ》てを強く信輔《のぶすけ》様に勧めているのは盛永《もりなが》です。信輔《のぶすけ》様は、相当躊躇《ちゅうちょ》しておいでだったのですが、盛永《もりなが》の言い分に押し切られて、心ならずも同意を……」

「つまり、盛永《もりなが》の主張は、信輔《のぶすけ》様からすれば理に適《かな》ってるってこと？」

「盛永《もりなが》が言うには、関白殿下《かんぱくでんか》は、信輔《のぶすけ》様にとって不倶戴天《ふぐたいてん》の敵であり、その家臣たる高杉《たかすぎ》様や我らも生かしておいてはならぬ存在であると」

「何でそんな理屈になっちゃうんだよ！」

「殿下《でんか》は、近いうちにも遠い先にも、関白《かんぱく》職を信輔《のぶすけ》様に譲る気持ちなどさらさらなく、武家の身内による世襲《せしゅう》職にしようと目論《もくろ》んでいると、盛永《もりなが》は言うのです。奴の手の者が密かに調べたところによると、右大臣《うだいじん》・菊亭晴季《きくていはるすえ》が殿下《でんか》に近付き、〝源平《げんぺい》藤橘《とうきつ》（日本における貴種名族である源氏・平氏・藤原氏・橘氏）〟にならぶ第五の新しい姓を創始すれば、近衛《このえ》家の猶子《ゆうし》（義子・養子）という呪縛からも解き放たれるとしきりに献策しているとの由《よし》」

風葉《かざは》からそう聞かされて、はたと思い当たった。

〝関白相論《かんぱくそうろん》〟は、秀吉《ひでよし》が近衛《このえ》家と二条《にじょう》家の争いを調停する形で一件落着したように見えているけれど、裏ではとんでもない計略が進められていたんだっけ。

秀吉《ひでよし》にとっては、まさにここからが名実共に天下人となるための〝本番〟なんだ。

確かに、秀吉《ひでよし》は関白《かんぱく》職を信輔《のぶすけ》に譲ろうなんて、これっぽっちも思っていないだろうし、実際そうしなかった。

事実翌年の九月に秀吉《ひでよし》は、「豊臣《とよとみ》」という全く新しい姓を天皇から下賜《かし》（身分の高い人が身分の低い人に物を与えること）され、関白《かんぱく》就任のために猶子《ゆうし》となった近衛《このえ》家とは縁もゆかりもないことを世間に宣言してしまうんだから。

その直後に秀吉《ひでよし》は、朝廷《ちょうてい》で司法・行政・立法を司る最高国家機関・太政官《だじょうかん》のトップである太政大臣《だじょうだいじん》にも昇り、平安京《へいあんきょう》以来七〇〇年以上にわたって続いた藤原氏嫡流《ちゃくりゅう》の五摂家《ごせっけ》による摂政《せっしょう》（幼少の天皇に代わって政務や儀式を行う役職）・関白《かんぱく》人事は中断する。

これは五摂家《ごせっけ》にとっては痛恨の一大事であり、秀吉《ひでよし》を猶子《ゆうし》にして関白《かんぱく》職に就《つ》かせた近衛《このえ》家にしてみれば許し難《がた》い裏切りでもある。

でも、秀吉《ひでよし》や菊亭晴季《きくていはるすえ》らが練りに練ったプランは、近衛《このえ》家の反抗や敵対を封殺する見事なものだった。

この年の一一月に高齢の正親町《おおぎまち》天皇から譲位され、わずか一五歳で即位した後陽成《ごようぜい》天皇に対し、秀吉《ひでよし》は実子がいないことを理由に新天皇の実弟・智仁親王《としひとしんのう》を猶子《ゆうし》にもらい受け、豊臣《とよとみ》家の養子として関白《かんぱく》職を継がせるという約束を成立させる。

関白《かんぱく》後継者が天皇の実弟となれば、近衛《このえ》家に反論の余地は全くない。

これを知った時の信輔《のぶすけ》と、信輔《のぶすけ》の父で秀吉《ひでよし》の提案を受け入れた近衛前久《このえさきひさ》の怒りと失望は想像を絶するものだったろう。

この話には、まだ続きがある。

二年後にあたる天正一七年（一五八九年）、秀吉《ひでよし》の側室になった茶々《ちゃちゃ》(後の淀君）が、彼の子・鶴松《つるまつ》を生む。これによって、秀吉《ひでよし》のプランはさらに軌道修正が加えられた。

関白職《かんぱくしょく》を鶴松《つるまつ》に継がせるため、猶子《ゆうし》となっていた智仁親王《としひとしんのう》を豊臣《とよとみ》家から切り離し、その代わりに屋敷と知行地《ちぎょうち》を与え、新たに八条宮という世襲親王《せしゅうしんのう》家（代々親王《しんのう》の身分を継承できる宮家）を創設させたんだ。自分の子ができたからといって、智仁親王《としひとしんのう》を決して粗略には扱っていないと強くアピールすることで、秀吉《ひでよし》はどうにか天皇を納得させた。

征夷大将軍《せいいたいしょうぐん》が最高責任者を務める「幕府」とは、元々朝廷《ちょうてい》に反抗する異民族を攻め討つよう命じられた征討軍の陣営、つまり指揮官用陣幕の場所を意味している。

日本で律令制が始まった飛鳥時代以来、政治は天皇を長とする朝廷《ちょうてい》が取り仕切っていたんだけれど、武士の台頭によって「国内が戦さで乱れているから、臨時に武家が政治を担当する」という理屈によって鎌倉幕府や室町《むろまち》幕府は朝廷《ちょうてい》から実権を取り上げた。

でも秀吉《ひでよし》は、関白職《かんぱくしょく》を豊臣《とよとみ》家による世襲《せしゅう》制とし、征夷大将軍《せいいたいしょうぐん》に代わる武家の棟梁《とうりょう》としても機能させることで、朝廷《ちょうてい》が武家と公家《くげ》をまとめて管理、支配する体制を構築しようとした。

こうして、歴史上かつてない統治システムを具現化した豊臣《とよとみ》政権が確立されていく。

そしてこれこそが、〝関白相論《かんぱくそうろん》〟を踏み台にして秀吉《ひでよし》が画策《かくさく》した大いなる野望だった。

それにしても、今の段階で秀吉《ひでよし》と菊亭晴季《きくていはるすえ》が水面下で進めている謀議をあぶり出した盛《もり》永《なが》の諜報網《ちょうほうもう》の実力には舌を巻く。

俺たちを闇討ちにしようという理屈も、近衛《このえ》家の忠実な家臣として信輔《のぶすけ》を思ってのことと考えれば、ある意味筋も通ってる。

が、それを俺たちがすんなり受け入れる訳にはいかない。

「いかがなされました？　大事ありませぬか？」

あんまり長く厠《かわや》の中に閉じ籠もっていたから、外で待ってる近衛《このえ》家の家臣が扉越しに問いかけてきた。

「あっ、すみません。大丈夫です。もうすぐ出ますから」

急いで扉に向かって答え、風葉《かざは》に向き直る。

すっかり萎《な》えていた気持ちが、切迫した状況に直面していつの間《ま》にか奮い立っている。

「とにかく、少しでも早くみんなで屋敷から出るようにする。風葉《かざは》さん、しばらく身を潜めて、邸内を警戒してくれないか？　もし万一の時は……」

俺が善後策《ぜんごさく》を早口で告げると、風葉《かざは》は音もなく格子窓から離れた。

とにもかくにも我慢してた用を足し、俺は厠《かわや》から出て広間に戻った。

広間には、もう信輔《のぶすけ》も戻っていた。その横には、盛永《もりなが》も控えている。

「高杉様《たかすぎ》も参られました。宮様《みやさま》、そろそろお開きにされてはいかがですか？」

俺が席に着くと同時に、盛永《もりなが》が信輔《のぶすけ》に促《うなが》した。

信輔《のぶすけ》は、思い詰めたような暗い表情だ。

そんな彼の変化に気付き、雅《みやび》がもの思《おぼ》わし気《げ》に信輔《のぶすけ》を見つめる。

いよいよ仕掛けてきたか……。このまま俺たちを寝室へ誘導し、頃合いを見て襲いかかり、バッサリ、って段取りだろう。

ここはとにかく邸内での宿泊を避け、強引にでも帰らせてもらうのが一番だ。

信輔《のぶすけ》は、というと……。

「うむ、そうじゃの……」

煮え切らない様子で、口ごもっている。

信輔《のぶすけ》は、盛永《もりなが》の入れ知恵にまだちゃんと納得はしていないんだ！

「宮様《みやさま》、お客人はどなたも相当お疲れのご様子。お部屋でゆっくり休んでいただきましょうぞ」

「うむ……それは、そうだが……」

俺が二人の会話に口を挟んで帰らせてもらおうとした時、雀憐《じゃくれん》が「美味かった〜〜〜！」と無邪気な嘆声《たんせい》を漏らした。

見ると、目の前にあった山のような料理は、全部きれいに平らげてある。

その言葉に、信輔《のぶすけ》が助け船をもらったかのようにすぐ反応した。

「雀憐《じゃくれん》、それほど美味かったか？」

「うん！　都のほんまもんの料理っちゅうのは、こんなに美味いもんなんやな〜。どの料理も、生まれて初めて食べるもんばっかり！　見た目にもごっつい綺麗《きれい》やし、一体どうやったらこんな手の込んだ料理を作れるんやろ〜って、感心してしもた。こんな料理ばっかりやったら、まだなんぼでもお腹に入るわ〜！」

「おお、おお！　嬉しいことを言うではないか。盛永《もりなが》、台所の料理人を呼んで参れ」

「はあ？　今、ここにでございますか？」

「当たり前だ。確か、鷹司《たかつかさ》家から立派なコイが贈答に届いていたはず。あれを、この場で刺身にさせよ」

「はあ……」

盛永《もりなが》は、渋々といった表情で出て行き、程なく一人の料理人を下座に連れてきた。

「あやめと申します。よろしゅうお見知りおきのほどを」

俺たちに向かって手を付いて挨拶したのは、何と若い女の料理人だった。

細身で背丈が一六〇センチくらいはありそうだから、この時代の女性の平均身長よりかなり高い方だ。

室町《むろまち》時代には現在の日本料理の基礎ができあがり、俺がタイムスリップした安土桃山時代に入ると、料理にはいろんな流派ができてくる。また、接待料理は平安貴族の社交儀礼としても発達したから、支配階級が身に付けるべき教養として庖丁（料理に関する作法や調理法）が弓術や蹴鞠と並んで挙げられていたともいう。

そんな訳で、この時代の料理人と言えば、男性であるのが常識だったはずだ。

「女性……の方なんですね」

思わずそうつぶやいた俺に、女性陣も一様にうなずく。

「おなごが料理人で驚いたか？　あやめは、盛永《もりなが》の推薦で召し抱えることになったのだが、わしも初めて目通りを許した折は、おなごが果たしてまともな料理を作れるのか半信半疑だった。

されど、いざ台所に立たせてみると、作る料理がどれもこれも格別に美味い。聞くと、父親が越前《えちぜん》（福井県北部）・朝倉《あさくら》氏の料理頭の一人であったという。

代々朝倉《あさくら》氏は京文化を愛し、拠点とした一乗谷《いちじょうだに》は、織田信長《おだのぶなが》公に滅ぼされるまで〝北ノ京〟とも呼ばれるほど栄華を極めていた。

左様《さよう》な朝倉《あさくら》氏が雇うた料理頭であるからには、腕は一流。あやめは、京料理にも通じていた父から幼い頃より厳しい薫陶《くんとう》を受けてきたらしい。

しかるに、我が父の代から近衛《このえ》の家に仕えておる料理人の腕は今ひとつでのう。故《ゆえ》に、盛永《もりなが》の進言を聞き入れて、台所方の女中ごとそっくり入れ替えた。

これまでは客を呼んで料理でもてなすのが少々ためらわれたが、今では堂々と振る舞える。盛永《もりなが》は、良き料理人を世話してくれた」

「勿体なきお言葉。宮様《みやさま》のお役に立てるのは、望外《ぼうがい》の喜びにございます」

すかさず、盛永《もりなが》が頭を下げる。如才《じょさい》のない奴だ。

「まあ、わらわの城でも、台所の差配をしておるのはおなごであったがのう……」

「姫様、言っちゃ悪いが、田舎の小大名家と都の左大臣家《さだいじんけ》を同列にしちゃマズイだろう」

「誰が田舎じゃ！　そもそも釣った魚をすぐに焼くか、さばくかしてしか食さぬ海賊には、台所方などという職分もないであろう！」

「水軍を侮《あなど》ってもらっちゃ困る！　あたしたちにだって……」

「ちょっとちょっと、こんなとこで口喧嘩しない！」

俺が止めなかったら、有貴姫《ゆきひめ》と沙希《さき》はこの言い合いを延々とやってるんだろうな。

「あやめ、この者らはわしと共に〝鬼火猩々《おにびしょうじょう》〟退治に挑む、言わば朋輩《ほうばい》だ。景気付けに、そなたの包丁さばきを披露し、今宵《こよい》の宴《うたげ》を締め括《くく》る膳とせよ。そこの端に座っておる巫女《みこ》見習いの雀憐《じゃくれん》も、そなたの料理を絶賛しておったぞ」

冗談めかして信輔《のぶすけ》が指した雀憐《じゃくれん》に、あやめが微笑みかける。

二〇代の後半くらいだろうか。ちょっと下ぶくれの丸顔が、笑うと愛嬌《あいきょう》たっぷりになる。

「まあ、可愛らしい巫女《みこ》さんやこと。誉めてくれて、おおきに」

「そやかて、ほんまに美味しかったんやもん！」

「嬉しいわあ。それにしても、大人の皆さんに混じって、〝鬼火猩々《おにびしょうじょう》〟退治やなんて……まだ小さいのに偉おすなあ。夜中に光って人を襲う魔物みたいな恐ろしいもん直《じか》に見たら、わてなんかひっくり返ってしまうやろに……。

雀憐《じゃくれん》さんはそんな目に遭うても、こないに毅然《きぜん》としたはる。わても負けんよう、精々腕《せいぜい》によりをかけて料理せんと笑われますな」

そう言って袂《たもと》から紐《ひも》を取り出したあやめは、手際よく袖《そで》をタスキがけにした。

台所の女中たちが、体長八〇センチはあろうかという大きなコイを乗せたまな板をあや

め の前に置く。

あやめは、右手に包丁、左手に真魚箸《まなばし》を持ち、魚に手を触れることなく見事な手際で身を三枚におろし、刺身の大きさに切っていく。

介添えする女中たちが、小皿に刺身を取り分け、俺たちの前に置いていった。

「皿には酢味噌も乗せてますさかい、それを付けてお召し上がりやす」

あやめに言われたとおりにして、いち早く箸を取った雀憐《じゃくれん》が、破顔《はがん》する。

「美味ーーーーーい！」

俺は生まれて初めてコイの刺身を食べたんだけど、なかなかいける。

「少し泥臭くないか？　あたしは……海の魚の方が好きだな」

「おらも……海……」

信輔《のぶすけ》やあやめに聞こえないよう小声でひそひそやってる沙希《さき》とりよは、それほどでもないようだ。

「ん？　どうした？　おなごたちの口には合わぬか？」

沙希《さき》とりよの反応がイマイチで気になるのか、信輔《のぶすけ》が声を掛ける。

「左様《さよう》なことはありませぬ」

刺身の皿を置いて答えたのは、有貴姫《ゆきひめ》だ。

「結構なお味ですし、我らの目の前での見事な包丁さばきにも引き込まれましたが、斯様《かよう》な趣向で右に出る者がないのは、高杉《たかすぎ》殿なのです」

おいおい、こんなとこで何を言い出すんだよ、有貴姫《ゆきひめ》は。

「まことか、高杉《たかすぎ》？」

信輔《のぶすけ》が、興味津々といった風に俺を見る。

「まことでございます」

俺の代わりに、一も二もなく有貴姫《ゆきひめ》が応じる。

「上野《こうずけ》（群馬県）の地で初めて出会うて以来、わらわは見たことも聞いたこともない、異国の技としか思えぬ処方箋《しょほうせん》と手さばきで、摩訶《まか》不思議な料理の数々を作ってこられたのが高杉《たかすぎ》殿。しかも、そのことごとくが、えも言われぬほどの美味なのでございます！　いかなる窮地《きゅうち》に陥《おちい》ろうとも、高杉《たかすぎ》殿の料理を一口食せば百人力を得られ、それ故に我ら一行は危難を切り抜けてきたと言えましょう」

どこまで大袈裟《おおげさ》に褒《ほ》めちぎるんだよ〜。

信輔《のぶすけ》は感心して腕を組み、雅《みやび》もこれまでとはちょっと違う、俺に対する微《かす》かな好奇心をにじませたような視線を向けた。

「ならば、高杉《たかすぎ》、わしも是非その摩訶《まか》不思議な料理を味おうてみたいぞ。この座の余興に、披露してくれぬか？」

「ええっ!?　今、俺の料理をですか？」

「宮様《みやさま》、ご無理を仰《おお》せになっては、この方々もお困りになりましょう」

盛永《もりなが》が、さも俺たちを気遣っているように思わせる言葉で異論を唱える。

こいつの腹は、少しでも早く俺たちを寝かし付け、無防備になったところを襲うってことだ。その手には乗らない。

なら、信輔《のぶすけ》の申し出を受けて時間稼ぎするのも、悪くはないかもしれない。

「じゃあ、信輔《のぶすけ》様、どんな食材があるのか、台所を見せてもらえますか？」

「おお、受けてくれるか！」

笑顔の中に、ホッとした感情も混じり合ったように見える信輔《のぶすけ》とは対照的に、盛永《もりなが》は苦《にが》虫《むし》をかみつぶしたような表情だ。

「一郎太《いちろうた》って、料理もできるんか？」

雀憐《じゃくれん》が、目を丸くして女の子たちに尋ねる。

「高杉《たかすぎ》殿は何でもできる殿御《とのご》なのじゃ。此度《こたび》はいかなる料理が飛び出すのか、楽しみでたまらぬ！」

「雀憐《じゃくれん》は高杉《たかすぎ》氏の料理、初めてだろ？　口にすれば、ほっぺが落ちてしまうぞ」

「日の本《ひのもと》一……旦那様の…手料理！」

「あても、あても！」

こっちの気も知らずに、女の子たちは大はしゃぎしている。

それはともかく、事態をどう動かせるか……出たとこ勝負だ！


信輔《のぶすけ》に先導され、俺たちは屋敷の台所へと案内された。

左大臣《さだいじん》家の台所とあって結構広く、大部分が土間ではあるけれど、畳だと二〇畳以上あるだろう。

ここで、あやめを筆頭に計六人の台所方女中が家中の朝夕の食事を作り、客が来れば豪勢なもてなし料理に腕を振るう。

「高杉《たかすぎ》、ここにある材料は、差し障りのある物以外は、どれでも思うままに使うが良い。あやめ、高杉《たかすぎ》に何があるか教えてやってくれ」

「はい。では高杉《たかすぎ》様。今宵《こよい》のお膳で、めぼしい材料は全部使てしまいましたさかい、あんまり残ってへんのですが……」

あやめが俺の隣に来て、置いてある食材を一つ一つ説明する。

ダイコン、カブ、ネギ、サトイモ、ゴボウ、ホウレンソウ……野菜は結構たくさんある。

肉類は……干しイワシ……勝手口に吊るしてある一羽のカモ……たったこれだけ？

後は、玄米と梅干しとダイコンの漬け物か……。

調味料は、塩、もろみ醤油、味噌、酢。

さすがに日本最大の都市として食文化も進んでいるらしく、エゴマ油は灯火用ではなく、揚げ物用に保存されている。

「どうだ、わしも食ったことのないような美味いものは作れそうか？」

「はあ……」

これだけの材料じゃ、信輔《のぶすけ》が期待する〝摩訶《まか》不思議な料理〟なんてとても作れない。

他に何か使えそうな物はないだろうかと台所を見回すと、隅にある大きな樽《たる》が目に留まった。直径は俺の身長以上ありそうな、木の樽《たる》だ。

「あれは、何です？」

「海の魚のために設《しつら》えた生《い》け簀《す》ですわ。海のない京の都で魚て言うたら、川魚ばっかりですやろ？　海からは、干物か塩でしめたしょっぱい魚くらいしか入ってきまへん。そやから、大坂の漁師に頼んで、海で獲れたハモやらグジ（アマダイ）やらアジやらを海水の入った樽《たる》に入れて、木津川《きづがわ》経由で送ってもろてるんどす。で、ここに着いたらすぐこの生け簀《いす》へ入れ替えて、泳がしてますの。

川魚だけやのうて、宮様《みやさま》にいつでも新鮮な海のお魚を食していただけるよう。そやけど、今はイワシとタコとカレイくらいしか残ってまへん」

確かに、樽《たる》からは微《かす》かに潮の香りが漂ってきてるみたいだ。

「へえ〜。でも、見せてくださいよ。生きてるんでしょ？」

俺が樽《たる》に近付こうとすると、あやめは申し訳なさそうに行く手を塞《ふさ》いだ。

「それはご遠慮を。魚は夜、寝てますさかい、樽《たる》の蓋《ふた》を急に開けたら、びっくりしてしまいます。魚も生きもんやから、不安にさせたり、緊張させたりしたら、身が細うなって美味しゅうなくなるんどす」

「はあ……」

言われてみれば、確かにそうなのかもしれない。となると、生の魚は使えないってことか。これじゃ、作れる料理なんて、かなり限られてくるぞ。

そうこうしていると、女中の一人が布に何かをくるんで信輔《のぶすけ》に見せている。

「これ、もう捨ててもよろしおすやろか？」

「ああ、もう堅くて食えんからな。捨ててくれ」

古くなった食い物？

俺は気になって二人に近付いた。

女中が手に持つ布の中には……野球ボールくらいの大きさの茶色い球体が五つ。

でも、ボールじゃない。まさか、これって！

「パンじゃないですか！」

俺は驚いて、その一つをつい手に取った。確かに、丸く焼かれたパンだ。

初めてパンを見た有貴姫《ゆきひめ》、りよ、沙希《さき》は、これが人の食べ物なんだろうかとチンプンカンプンといった表情で首をひねっている。

「うげーーーっ！　そんなもん、ほんまに食べられるんか？　どっからどう見ても、汚いお手玉やで」

雀憐《じゃくれん》も、顔をしかめた。

「これは、小麦粉を主体にして作られてる南蛮《なんばん》人の主食なんだよ。ってことは、ひょっとしてフロイスさんから？」

俺の問い掛けに、信輔《のぶすけ》がニコリとうなずいた。

「高杉《たかすぎ》は何でもよう知っておるのう。ただ、南蛮《なんばん》寺では『パオ』と呼んでおったが。あの寺にはパオを焼く窯《かま》があってな、数日前にフロイスがくれたのだ。暇な折に食おうと、台所に置いていたらこんなになってしもうての」

信輔《のぶすけ》が、両手でパンを二つ取り上げ、叩き合わせると、コンコンといかにも堅そうな音がした。

「これでは、無理に食おうとしても、歯を痛めかねんからな。捨てるよりほかあるまい」

「そうですね。そうなっちゃうと、もうパン粉にするくらいしか……」

ここまで言って、閃いた。あれなら、作れるかも！

生卵も欲しいところだけど、パン粉がその代役を果たしてくれるはず。

俺の顔つきの変化に、女の子たちが鋭く気付いた。

「高杉《たかすぎ》殿、何か良い料理の案が浮かんだのじゃな？」

「おっ、来た来た！　高杉《たかすぎ》氏の仰天料理の実演が始まるのか!?」

「やった！……旦那様」

俺は、女の子たちに微笑みを返し、信輔《のぶすけ》を見た。

「説明を受けた物は、自由に使ってもいいんですね？」

「無論だ」

「なら、あやめさん、勝手口に吊ってあるカモをさばいて、ミンチに……えっと、包丁で細かく、粘り気が出るまで細かく叩いてください」

「承知いたしました」

あやめは、配下の女中たちにテキパキと指示して、早速カモの調理に取りかかる。

俺は野菜の中からネギを選び、菜切り包丁を借りてみじん切りを始める。

「手伝う……おらも！」

「わらわも、何かできることはないか？」

「高杉《たかすぎ》氏、あたしも！　と大きな口は叩けないんだが、やる気だけは誰よりもあるぞ！」

手伝ってくれるのはありがたいんだけど……有貴姫《ゆきひめ》はお城の深窓《しんそう》育ちで食べるのが専門だし、沙希《さき》は以前「武人は台所になど立たぬ」なんて言ってたくらいだから、全然当てにできない。

りよは、上州《じょうしゅう》（群馬県＝上野国《こうずけ》）の山小屋で父親の茂平《もへい》と一緒に暮らしてた時、食事の世話だってしてたんだろうからこの中では一番頼りにはなるはずなんだけど、包丁を使ったまともな料理なんてしたことなかったんじゃ……。

となると、できることは相当限られてくるなぁ。三人にできそうなのは……。

「えーっと、それじゃ、そのパンを全部細かく裂いて、粉状にほぐしてくれるかな？　パンを細かい粉にするんだ」

「おやすい御用じゃ！」

「それなら、あたしにもできそうだな」

「やる！……粉作り！」

「あても、あても、みんなと一緒に！　何かわからへんけど、ごっつう楽しそうや！」

雀憐《じゃくれん》も加えて女の子たち四人は、女中からパンを受け取り、俺と同じ調理台でパン粉作りに勤《いそ》しむ。

背の低い雀憐《じゃくれん》は、自分で台所にあった踏み台を探してきて、それに乗っかっている。

いつもなら、ここに麗《れい》も加わってるはずなんだけど……。

雅《みやび》は、信輔《のぶすけ》の隣に寄り添い、無表情に俺たちを見ているだけだ。

「できた！………一番」

しばらくすると、りよが大きな声を出した。

集中力が欠かせない弓の名手でもあるせいか、彼女の一心不乱な作業の早さと正確さは、他の女の子たちを圧倒していた。

五個あったうちの二個をりよが担当し、パン粉は細かくサラサラ、パラパラに仕上がっている。

「だから……一番の家臣！……おらが……旦那様の！……」

「おいおい、りよ殿、パンの粉とやらを作る早さで家臣の上下を決めるなんて、誰も言ってないぞ！」

「沙希《さき》の言うとおりじゃ！　そもそもお前は、〝付き人家臣〟で満足と言うていたではないか！」

「言ってない！……満足……」

「みんな、おしゃべりしてるから、手が止まっているよ！」

俺に促《うなが》されて、有貴姫《ゆきひめ》と沙希《さき》は仕方なくパン粉作りを続ける。

雀憐《じゃくれん》は、結構堅くなってしまってるパンとの格闘に懸命で、この論争に加わる余裕はないようだ。

「手が空いたりよさんには……ダイコンおろしでもやってもらおうか」

「やる！……どこに下ろす？……ダイコン……」

間髪《かんぱつ》を入れず、両手にダイコンを持ったりよは、土間の地面をあちこち見ている。

「あの……ダイコンを下に置くんじゃなくて、ほら、あそこにあるおろし器でダイコンを摺《す》りおろすんだよ」

台所には、竹を加工して小さな突起をたくさん付けたおろし器があった。

俺は一本のダイコンを切り分け、それぞれ包丁で縦に数ミリの切れ目を入れ、そこに指を入れて、手でむく。

この方法だと、巻紙をほどくみたいにして包丁で薄く長く切る〝かつらむき〟みたいな日本料理の技術を使わなくても、簡単にダイコンの皮をむける。

「すごい……旦那様……」

「また何とも不可思議な術で、皮がむけるものじゃな〜」

「見てみろよ、つるんとキレイにむけてるぞ」

驚いてるのは女の子たちだけでなく、信輔《のぶすけ》や雅《みやび》も同じように目を丸くしている。

「高杉《たかすぎ》様、これはまたどないな技なんどす？」

カモの下ごしらえを終えたあやめが、俺を見て思わずうなった。

「ダイコンの皮と実の間にはわずかな隙間があってね、そこに指を入れれば簡単にむけるんですよ。ネットで料理法を調べてたら、偶然そんな書き込みを見つけちゃって……」

「ねっと……て、何どす？」

「あわわ、ネットじゃなくって……えーっと、そう、『えっと』って言っただけなんで、あんまり気にしないでください。いろんな料理法について書かれてる書類みたいな物から、この方法を引き出してさ」

「へえ……そうなんどすか」

危ない危ない。うっかりしてると、つい現代語がポロリと出てしまう。

「それより、あやめさん、大根おろしを代わりに作ってもらえませんか？」

手にしたダイコンとおろし器を交互に見つめ、りよがずーっと悩んでいる。

ダイコンおろしを知らないんだから、おろし方だって知らないのは当然だ。

俺が、間違ってた。

有貴姫《ゆきひめ》、沙希《さき》、雀憐《じゃくれん》のパン粉作りも完了し、これで必要な具材は全部そろった。

パン粉に、カモの挽き肉、みじん切りのネギを混ぜ、塩を少々入れてこねる。

「あてにもやらせて！　あてにも！」

そばやうどんの生地をつぶしては丸め、混ぜ合わせては伸ばすような動作が面白いのか、雀憐《じゃくれん》がせがむ。

「じゃあ、半分に分けて渡すから、ちゃんとこねるんだぞ」

「うん、わかった！　一郎太《いちろうた》！」

こういう時の返事は、ホントに調子いいんだ。

「されど、これで如何様《いかよう》なる食べ物ができるのじゃ？」

「よもや、ネチョネチョしてるこれをそのまま食うとか？　ちょっと気持ち悪いぞ」

「お団子？……丸めて……」

「生では食べないよ。りよさんは、ちょい惜しい。お団子よりはもう少し大きく、手《て》の平《ひら》大《だい》の楕円形《だえん》にするんだよ」

俺がひょいと横を見ると……案の定だ。

雀懺《じゃくれん》の奴、生地を粘土細工の代わりみたいにして人形をいくつも作って遊んでる。

「食べ物で、そんなことしない！」

俺が生地を取り上げると、雀懺《じゃくれん》は「何すんねん！　こらっ、返せ！」と手を伸ばした。

「食べ物を粗末にする悪い子には、触らせなーい！」

ぴしゃりと俺が言うと、雀懺《じゃくれん》はぷーっとふくれっ面をした。

雀懺《じゃくれん》の分の生地を、改めてこね直す。すっかり二度手間だ。手《て》の平大《ひらだい》の成形は、コツがいるから俺一人でやる。

適量を手に取り、両手でキャッチボールをする要領で投げながら作ると、中の空気が抜けてうまく仕上がる。

雀懺《じゃくれん》がそれを見て、ひょいと生地をつまみ取り、同じようにマネをした。少しは反省しているかと、しょうがないから俺は見て見ない振りをする。

結果は……手加減せずにやるもんだから、生地があちこちに飛び散って、調理台を囲むみんなに降りかかった。

「こりゃ、雀懺《じゃくれん》、何をする！」

「あたしと同じで、こいつ、料理の才能は全くなしだな〜」

「おしまい！……お手伝い！」

りよに踏み台から強制的に下ろされ、調理台から少し離れた場所に立たされた雀憐《じゃくれん》は不服そうだ。

「底ができるだけ平たい鉄の鍋はありませんか？」

「それならば、これでいかがでしょう」

あやめが出してきた三個の鉄鍋は、楕円《だえん》形に作った生地を数個同時に置けそうなちょうど良い大きさだった。

「竈《かまど》の火を貸してください」

大きな台所だから、竈《かまど》は五つもある。大人数の宴会では、これらがフル回転して料理が作られていくんだろう。

竈《かまど》の火はまだ消されていなかったから、俺は三つの鍋の底にエゴマ油を少し垂らし、火に掛けた。

後は、生地を鍋に乗せ、焦げ付かさないよう両面適度に焼けば、完成する。

ジューッ！　という音と共に、肉の焼けるいい香りが、台所に広がっていく。

「何とも食欲をそそられる香りではないか」

信輔《のぶすけ》に話しかけられた雅《みやび》の表情が、微妙に強《こわ》ばったような気がした。

「はい……」

俺にはこの時、雅《みやび》の眼差《まなざ》しが焦点を失ったかのように見えたのだが、しゃもじ片手に鍋の中の焼き具合を確かめながら、ちらちら目を向けてるだけだから、はっきりとはわからない。

「金網などではなく、鍋で直《じか》に焼くとは、恐れ入りました。これもやはり、南蛮《なんばん》の調理法なのでしょうか？」

あやめは、生真面目《きまじめ》な料理人らしく、俺の一挙手一投足《いっきょしゅいっとうそく》をも見逃すまいと目を皿にしつつ感心することしきりだ。

「まあ、南蛮《なんばん》料理と言えば、そうなのかな～」

俺が作っているのは………そう！　ハンバーグだ。

これって、中世後期のドイツで流行した、生肉をみじん切りにして塩やオリーブオイルや薬味を混ぜて味付けした料理、タルタルステーキを原形にしてるらしいから、南蛮《なんばん》料理と言えなくもない。

台所にいる人数分の皿に、ほぼ同時に焼き上がったハンバーグを乗せ、あやめが作ってくれたダイコンおろしと、ネットリしたもろみ醤油を添える。

「さあ、冷めないうちに。ダイコンおろしともろみ醤油を付けて、早く食べてください」

「よし、ならばこの場で、みなと共に食うか。無礼講だ。座れ、座れ！」

台所の板間に信輔《のぶすけ》がどかりと腰を下ろし、雅《みやび》も、女の子たちも正座する。

身分を意識して、あやめや女中たちは少し離れた隅《すみ》に着座した。

信輔《のぶすけ》は、置かれた皿に早速箸を伸ばし、一切れ口に入れると同時に目をカッと見開いた。

「これは……何と未知なる美味！」

一口食べた有貴姫《ゆきひめ》、りよ、沙希《さき》も、うっとりと幸せそうな顔になる。

「ほんまにほっぺたが落ちそうや〜！　一郎太《いちろうた》、この料理、何て言う名前なんや？」

雀憐《じゃくれん》は、そう尋ねながら、俺の方は見ずにニコニコとがっついている。

「これは、和風おろしハンバーグ。ホントは牛肉とかタマネギを使いたかったんだけど、カモ肉とネギで代用したんだ。

ハンバーグのタネの〝つなぎ〟には、ニワトリの生卵も使うんだよ。でも、〝つなぎ〟役はパン粉だけでもできるかと思って、やってみた。信輔《のぶすけ》様が堅くなったパンを見せてくれてなかったら、この料理は思い付かなかっただろうな」

あやめはいちいちうなずきつつ、俺の言葉を一言一句漏らすまいと、襟元《えりもと》に挟んでいた半紙を取り出して筆で書き留めている。熱心だよな〜。

と、別の方向から視線を感じて、俺はそっちへ向き直った。

雅《みやび》が、口元に箸を付けたまま、俺を見ている。

目が合うと、彼女は途端に視線をそらし、再びハンバーグを食べ始めた。

何だ？　彼女は、俺に何か言いたかったのか？

「いかがでございます、信輔《のぶすけ》様。高杉《たかすぎ》殿の料理の腕前は、人後に落ちますまい？」

有貴姫《ゆきひめ》にツッコミを入れられ、あっと言う間《ま》にハンバーグを平らげた信輔《のぶすけ》が満足そうに俺を見た。

「いや、まさしく。摩訶《まか》不思議な美味とは、よくぞ言うた。南蛮《なんばん》料理でありながら、我ら日《ひ》の本《もと》の者が食うて、いささかの違和感もない。さしものあやめも、今宵《こよい》の高杉《たかすぎ》の料理は大いに勉強になったのではないか？」

「はい、高杉《たかすぎ》様には、何卒《なにとぞ》他の南蛮《なんばん》料理についてもご教授をお願いしたいもんどす」

「うむ、それが良い。高杉《たかすぎ》、明日の朝餉《あさげ》も南蛮《なんばん》料理でどうだ？　どうせ今宵《こよい》はこの屋敷に泊まって……」

ここまで言って、陽気にしゃべっていた信輔《のぶすけ》の顔が突然曇った。

信輔《のぶすけ》は、それまですっかり忘れていたんだろう。今夜、寝入った俺たちを闇討ちするという陰謀《いんぼう》を。

でもこのリアクションは、彼が俺たちを進んで殺そうなんて思ってないことを意味してるはずだ。

「いかがなされました？」

雅《みやび》が心配そうに、信輔《のぶすけ》の顔をのぞき込む。

「いや、何でもない……」

「信輔《のぶすけ》様」

俺は、今が押し切るチャンスだと思った。

「俺たち、いつでもお屋敷にお邪魔して、あやめさんにも料理を教えます。でも、今日のところはこれで失礼して、二条第《にじょうだい》に戻ろうと思うんですが」

「高杉《たかすぎ》殿、このお屋敷に泊まらせていただくのではなかったのか？」

「あたしは、ここで厄介になった方がいいと思うぞ。もう随分夜も更けてるし」

「疲れてる……雀憐《じゃくれん》も……」

俺が急に帰ると言い出したから、女の子たちはいぶかしげだ。

雀憐《じゃくれん》も、広間でのごちそうと、ここでのハンバーグを完食して眠くなってきたのか、目が少しトロンとしている。

「されど……」

信輔《のぶすけ》の胸の内は、揺らいでいるようだ。

「風葉《かざは》さんが戻ってきて、二条第《にじょうだい》で俺たちをずっと待っててくれてるかもしれないじゃないか。俺たちは、風葉《かざは》さんからの報告も、できるだけ早く聞かなくちゃいけない。だろ？」

咄嗟《とっさ》に風葉《かざは》を言い訳に使ったものの、女の子たちの説得材料としては効果的だった。

有貴姫《ゆきひめ》、りよ、沙希《さき》はお互いに目配《めくば》せした後、俺にコクリとした。

「ということなので、信輔《のぶすけ》様、今日のところは、どうか！」

俺は語気を強めた。

眉間《みけん》にしわを寄せ、ひとしきり考え込んでいた信輔《のぶすけ》は、口元を緩《ゆる》めた。

「……そうだな。今宵《こよい》は、二条第《にじょうだい》に帰る方が良いか」

「信輔《のぶすけ》様！」

彼は、俺たちを助けようとしてくれている。

俺は、思わず信輔《のぶすけ》に頭を下げた。

「されば、急ぐがよかろう。ぐずぐずしておれば、外はいよいよ冷えてくる」

信輔《のぶすけ》が先に立って広間へと引き返し、俺たちも後に続いた。

取り敢えず、これで一安心だ。

広間に戻り、置いていたそれぞれの持ち物を取ろうとして、俺たちは「？」となった。武器がない。

座っていた場所にあるはずの、俺の杖《じょう》、有貴姫《ゆきひめ》の薙刀《なぎなた》、沙希《さき》のやがらもがら、りよの半弓《はんきゅう》。部屋のどこにも見当たらない。

「あの、信輔《のぶすけ》様、俺たちの武器は……」

「如何《いかが》したことか……わしにも、わからぬ」

そこへ、盛永《もりなが》が恭《うやうや》しく入ってきた。

「皆様の得物《えもの》でしたら、もう寝室へと運ばせていただきました。案内いたしますゆえ、どうぞ銘々《めいめい》のお部屋へおいでくだされ」

「そんな勝手なことされちゃ、困ります！」

俺の抗議に、盛永《もりなが》は平然としている。

「差し出がましいことをして、お許しを。なれど、当屋敷にお泊まりいただく客人への心遣いから、良かれと思うて運んだまで。そう目くじらを立ててくださるな」

心遣いなんてこれっぽっちも持ってないくせに、ふてぶてしい奴だ。

「それはそうかもしれませんが、どっちにしろ、今日はここで失礼し、二条第《にじょうだい》へ帰らせてもらいます。ですから、俺たちの武器を返してください」

「何を仰《おお》せか。もうご宿泊の用意は全て調っておる」

「お手間をかけたのは申し訳ないですが、二条第《にじょうだい》には俺たちを待ってる人もいます。それに、お暇させていただくお許しは、信輔《のぶすけ》様からも頂戴しています」

「宮様《みやさま》！」

盛永《もりなが》が、険《けわ》しい目で信輔《のぶすけ》を見た。

「うむ……わしは……」

「宮様《みやさま》はお優しいゆえ、左様《さよう》に申されたであろうが、それを良いことに思い上がりおって！　そなたたちから見れば、左大臣《さだいじん》たる宮様《みやさま》は雲の上の存在ぞ！　その尊いお言葉に、逆らうとはどういう了見《りょうけん》か！　如何《いか》に関白殿下《かんぱくでんか》の直臣《じきしん》と言えど、家臣の分際でかかる無礼は不敬《ふけい》の罪！　近衛《このえ》家中の我らが許してはおかぬ！」

盛永《もりなが》の怒声が呼び水となって、周囲の襖《ふすま》が一斉に開け放たれ、浪人風の男たち一〇人以上が俺たちを取り巻いた。

広間の一方は、中庭に面した回廊《かいろう》になっていて、庭にも一〇人近い浪人が駆け付けてくる。もう逃げられない。

「そんな理屈、無茶苦茶じゃないか！」

「左大臣《さだいじん》家の面目《めんぼく》を潰されては、如何《いか》に些細《ささい》なことであろうと捨て置けぬ。近衛《このえ》家は、公《く》卿《ぎょう》とは言え、武家の家風を重んじておる。不埒《ふらち》者は刀にかけて、成敗することになろう」

盛永《もりなが》の言葉に、浪人たちが刀の柄《つか》に手を掛ける。

まずい！

とんでもなくまずい！

武器を取り上げて丸腰にしたうえ、俺たちが大人しく寝室に向かわないなら、この場で斬ろうってつもりか！

騒動を聞きつけ、諸大夫《しょだいぶ》の針小路長正《はりこうじながまさ》が血相《けっそう》を変えてやってくる。

「待て待て！　これは何の騒ぎや！」

「老いぼれは口を出すな！　左大臣家《さだいじんけ》に無礼を働く輩《やから》を不敬《ふけい》の罪で誅《ちゅう》するのだ！」

盛永《もりなが》に一喝され、その場に固まった長正《ながまさ》を、浪人たちが無理矢理後ろへ押しやる。

「どっちが無礼だ！　あたしたちにこんな手荒をするお前たちの方が、よっぽど無礼だぞ！　この間抜け野郎！」

「かかる言いがかりをつけて、我らを害しようなどと、関白殿下《かんぱくでんか》のお耳に入ればタダではすまぬと思え！」

「引っ込め…キツネ顔……！」

沙希《さき》、有貴姫《ゆきひめ》、りよが盛永《もりなが》を罵《ののし》りつつ、雀憐《じゃくれん》を抱き寄せる。

「いくら言っても無駄だよ。不敬《ふけい》の罪とか何とかは、あくまでも口実。どっちにしろ、この屋敷内で起こったことは公《おおやけ》にされず、俺たちを闇から闇に葬《ほうむ》るつもりだ」

「「「！」」」

俺の言葉に、女の子たちが瞠目《どうもく》する。

「信輔《のぶすけ》様、どうか止めさせてください！　こんなの、信輔《のぶすけ》様の本意じゃないんでしょ？　信輔《のぶすけ》様！」

俺に問い詰められ、信輔《のぶすけ》は苦渋《くじゅう》をにじませ盛永《もりなが》を見る。

「盛永《もりなが》、やはりわしは斯様《かよう》な振る舞いをしてまで……」

「いいえ、これも近衛《このえ》家の、宮様《みやさま》の御為《おんため》。腹をくくりなされ！」

「されど……」

緊迫したやり取りをする信輔《のぶすけ》と盛永《もりなが》を、雅《みやび》がハラハラしながら交互に見る。

「宮様《みやさま》、雅殿《みやび》、お下がりくださいませ。危のうございます」

盛永《もりなが》が、腕を伸ばして二人を後ろへ下げる。

武器がなければ、抵抗のしようがない。それは、有貴姫《ゆきひめ》、りよ、沙希《さき》も同様だ。

身を守る防具もなく取り囲まれ、もう観念するしかないってのか……。

でも、雀憐《じゃくれん》はまだ子供だ。俺は、雀憐《じゃくれん》の両肩をつかんだ。

「この子は、雀憐《じゃくれん》だけは逃がしてやってくれ。俺たちと一緒に、幼子まで殺す必要はないだろ？」

「残念だが、この場におる者はみな同罪だ。悪く思うな。その代わり、苦しまずに済むよう、皆一刀であの世へ送ってやる」

盛永《もりなが》が、憎たらしい笑みを浮かべ、ひらりと刀を抜く。

同時に、浪人たちも一斉に抜刀した。

もう、為《な》す術《すべ》がない。


俺の正面に立つ盛永《もりなが》が、自分の目の高さで刃を上にして、刀を水平に持つ独特の構えに入った。

これは……霞《かすみ》の構え？

杖道《じょうどう》の稽古に通ってた時、古武道の戦い方を調べてて目にした記憶がある。

本来は敵の両目を狙って斬り払う構えで、目潰しをされると霞《かすみ》がかかったように見えなくなることから、こんな名称が付けられたと言われている。

でも、真横に薙がれた刀が頭を直撃したら……当然即死だ。

屋内では、無闇に刀を上段に振りかぶると、天井や梁《はり》に突き刺さって自在に使えなくなるのを想定しての構えだろう。

周りを囲む浪人たちは、柄《つか》を握る左拳をへその位置に、剣先を俺たちの喉元《のどもと》に付けるオーソドックスな中段の構えでじりっと詰め寄る。

俺が雀憐《じゃくれん》を後ろにやると、有貴姫《ゆきひめ》、りよ、沙希《さき》もお互い背を向けて円陣を組み、彼女を輪の中心にして庇《かば》う。

盛永《もりなが》が、大きく息を吸って斬り込んでこようとした、その刹那《せつな》！

屋敷の中が、急に騒がしくなってきた。

この騒々しさは、一人や二人じゃない。かなり大勢の人間？

近衛《このえ》家に、そんなにたくさんの家人がいただろうか？　ここにいる浪人たちは別として、正式な家来は一〇人か二〇人くらいのはずだ。

「どこだ、どこだ！」

「左府《さふ》様はご無事なのか！」

そんな風に聞こえる怒声が、どんどん近付いてくる。

やがて、手に手に松明《たいまつ》を持つ一団が中庭になだれ込んできた。

これは、京都所司代《しょしだい》の役人たち！

中庭の浪人たちも突然の闖入者《ちんにゅうしゃ》に面食らい、彼らに道を譲る格好で後退《あとずさ》る。

彼らを率いている甲冑《かっちゅう》姿の武士が、広間に向かって誰かを探す素振《そぶ》りを見せた。

「左府《さふ》様はいずこに？　いずこにおわします？」

「わしはここだ。これは一体、如何《いかが》したことか？」

信輔《のぶすけ》が、回廊《かいろう》に進み出る。

「我らは、京都所司代《しょしだい》の手の者にございます！　左府《さふ》様のお屋敷にて、〝鬼火猩々《おにびしょうじょう》〟が出現したとの報を受け、急ぎ罷《まか》り越しました！　かの魔物はどこにおるのですか？」

「〝鬼火猩々《おにびしょうじょう》〟が、我が屋敷にじゃと……？」

事態を呑み込めず、信輔《のぶすけ》が言いよどんでいると、広間にいる浪人たちをすり抜けて、風《かざ》葉《は》が音も立てずに俺の目の前に現れた。

「高杉《たかすぎ》様、遅うなりました。取り急ぎ、段取りの如《ごと》く！」

間に合った！

厠《かわや》で風葉《かざは》に言い含めておいた万一の時の策……それは、上京《かみぎょう》エリアの周囲で警戒にあたっている京都所司代《しょしだい》の役人に「近衛《このえ》家で〝鬼火猩々《おにびしょうじょう》〟が出た」と訴え出て、大勢で邸内に乱入させることだった。

そうすれば、どさくさに紛《まぎ》れて脱出できるだろうから。

魔物が出現した後なら、役人たちは安心して大人数で現場に駆け付けてくるとにらんでたんだけど、思ったとおりだ。

門を閉ざす横木の閂《かんぬき》は、あらかじめ外しておくよう風葉《かざは》に頼んでおいたから、雪崩《なだれ》を打って邸内に突入できたらしい。

「〝鬼火猩々《おにびしょうじょう》〟は、すでに姿をくらましました！　でも、どこかに潜んでいる恐れもあるので、邸内をくまなくお調べください！」

俺が広間から声を張り上げると、京都所司代《しょしだい》の武士が気付いて嬉しそうな表情を見せた。

「おおっ、忍《しの》び目付《めつけ》の高杉《たかすぎ》様！　こちらにもお越しでしたか！　お役目ご苦労に存ずる！

ご助言、かたじけない！」

昨晩、実際に〝鬼火猩々《おにびしょうじょう》〟が出た現場で、俺たちを事情聴取した役人の組頭《くみがしら》だ。

こうなると、俄然《がぜん》こっちはやりやすくなる。

組頭《くみがしら》の指図で、役人たちは探索のため何組かに分かれて邸内に散らばった。

ざっと見て、屋敷に入ってきた役人の数は一〇〇人を超えるだろう。

屋敷の外にも、相当数が控えているはずだ。盛永《もりなが》たちも、これ以上乱暴はできない。

悔しそうに歯ぎしりをしつつ、盛永《もりなが》が刀を鞘《さや》に収めた。

配下の浪人たちも、それを見て倣《なら》う。

信輔《のぶすけ》が、そして雅《みやび》も、瞳に安堵《あんど》の色をにじませて俺を見た。

そこへ、両脇に俺たちの杖《じょう》、薙刀《なぎなた》、やがらもがら、半弓《はんきゅう》を抱えた長正《ながまさ》が、よたよたとやってきた。

「別室に置いてあった皆様の得物《えもの》を、取って参りました。謝って済むことやあらしませんが、非礼の段、平に、平にお許しくだされ」

「針小路《はりこうじ》さんが謝ることじゃ……」

俺は杖《じょう》を受け取り、知らんぷりをしている盛永《もりなが》に強い眼差《まなざ》しを向けた。

見返してきた盛永《もりなが》の視線とぶつかり、火花が散る。

俺は、奴から顔を背《そむ》け、気を取り直して女の子たちに微笑んだ。

「二条第《にじょうだい》へ戻ろう」


「「「え〜〜〜!?」」」

女の子たちは、全員不服そうな顔をする。

「あやつを、このままにしておくのか？　我らをさしたる理由もなく、殺《あや》めようとしたのじゃぞ」

盛永《もりなが》をにらみつける有貴姫《ゆきひめ》に、りよ、沙希《さき》、雀憐《じゃくれん》もうんうんと同意を示す。

俺だって、奴を許せない。

でも、風葉《かざは》が聞いた盛永《もりなが》と信輔《のぶすけ》の会話から察するに、この裏にはまだ俺たちも知り得ない大きな企《たくら》みが潜んでいるに違いない。

「いや、今日はひとまず引き揚《あ》げるんだ！」

俺が決然と言ったから、女の子たちも無念そうに従った。

俺たちは信輔《のぶすけ》に一礼してから、役人たちが右往左往《うおうさおう》する邸内を抜けて外に出て行く。

雅《みやび》は、信輔《のぶすけ》に寄り添いつつ、不安そうな面持ちで俺たちを見送っていた。

もちろん、盛永《もりなが》たちをこのまま野放しにしておくつもりなんて全然ない。このお返しは、必ずさせてもらう！

俺は心にそう誓い、近衛《このえ》邸を後にした。

二章　ムジナ

二章　ムジナ

俺は二条第《にじょうだい》へ戻る道すがら、風葉《かざは》が近衛《このえ》家で密かに聞き込んだ信輔《のぶすけ》と盛永《もりなが》の密談について有貴姫《ゆきひめ》、りよ、沙希《さき》に、そして風葉《かざは》には邸内での出来事や白龍《はくりゅう》神社での事件を残らず話して聞かせた。

「なれど、なれど、わらわはやはり納得がいかぬ！　あの盛永《もりなが》め〜〜〜！」

「丸腰のあたしたちを、しかも幼い雀憐《じゃくれん》までも手に掛けようとは、あのような男は武士の風上にも置けないぞ！」

「引っ捕まえる！……旦那様？」

三人の怒りは、まだ収まらない。

一日の間に何度も死の恐怖に直面して、雀憐《じゃくれん》は余程疲れたんだろう。風葉《かざは》に背負われると、人心地がついたのかすぐに寝入ってしまった。

「みんなの気持ちはわかるし、俺だってはらわたが煮えくり返ってるさ。でも、京都所司《しょし》代《だい》の役人に訴え出たって、どうにもならない」

「何故《なにゆえ》じゃ？　役人どもの到来があと少し遅れておれば、我らは今頃あの世じゃぞ！」

「盛永《もりなが》の奴、不敬《ふけい》の罪で誅《ちゅう》するって俺たちに言ってたよね。役人たちにも同じ理由で言い訳するに決まってる」

「高杉《たかすぎ》氏の主《あるじ》は、関白《かんぱく》じゃないか！　左大臣《さだいじん》よりも、関白《かんぱく》の方が偉いはずだろ！　関白《かんぱく》の旗本の言い分が、そんなに容易《たやす》く無視されるだろうか？」

「いくら主《あるじ》が関白《かんぱく》でも、俺はあくまで家臣。しかも、旗本って言ったって、一番下っ端の旗本だよ。左大臣《さだいじん》家の言い分と天秤にかけられて、どっちに重みがあるかなんて火を見るより明らかじゃないか。

俺たちが理由もなく殺されそうになったと訴えても、左大臣《さだいじん》家が『それは違う』『不敬《ふけい》の罪だ』と言い張れば、京都所司代《しょしだい》ではもうどうしようもなくなっちゃう。近衛《このえ》邸という言わば密室の中の出来事で、公平な証言をしてくれる第三者だっていないんだ」

「われが軒下で聞き耳を立てていた際、盛永《もりなが》は、殿下《でんか》を〝不倶戴天《ふぐたいてん》の敵〟と申しました。故《ゆえ》に、その家臣たる高杉《たかすぎ》様の一行も生かしてはおけぬ、とも。これは、関白殿下《かんぱくでんか》への謀反《むほん》の意志に他なりませぬ。

それを聞けば京都所司代《しょしだい》とて、あの場で近衛《このえ》家をそのまま放置してはおかなんだのでは？」

「ああ、でもそれは……気を悪くしないでほしいんだけど、風葉《かざは》さんが聞いただけで、目に見える、相手に突き付けられる証拠がない。京都所司代《しょしだい》がいくら問い質《ただ》しても、知らぬ存ぜぬで押し通されてしまえば、結局手も足も出せないよ」

風葉《かざは》は首を垂れ、大きく溜息《ためいき》をつく。

「ない？……どうしようも……泣き寝入り……？」

りよが、釈然としない表情で俺に訴えかける。

「いいや、今すぐどうこうできないだけで、泣き寝入りなんてしないさ。盛永《もりなが》が口にした謀反《むほん》を臭わす関白殿下《かんぱくでんか》への敵対心と、〝鬼火猩々《おにびしょうじょう》〟の事件は、どうも奥の方で繋がってるような気がするんだ。殿下《でんか》を敵に回すとなれば、盛永《もりなが》の企《たくら》みは相当大きくて、根深いものじゃないだろうか。

それに、殿下《でんか》の旗本である俺たちを殺そうとするなんて、相手によほどの思惑《おもわく》や決意がなければできない。

さっきの出来事を俺たちが殿下《でんか》に報告すれば、確かな裏付けがない限り大坂では直接手出しができないにしても、近衛《このえ》家に対しては厳重な監視や内偵が京都所司代《しょしだい》にも命じられるはず。盛永《もりなが》だって、そこのところはわかってるだろう。

そうなっても大きな支障にはならないくらい、奴らの企《たくら》みはもう最終段階に入ってるのかも……。なら、奴らは動き出すはずだよ。時を置かずに」

「されば、盛永《もりなが》から目を離す訳にはいきませぬな？」

「うん。風葉《かざは》さんには申し訳ないけど、二条第《にじょうだい》で少し体を休めて、夜が明けたら近衛《このえ》邸に引き返して見張ってくれない？　盛永《もりなが》が外出するようなら、尾行して、あいつが何をするか、どんな人物と会っているかを探ってほしい」

「お任せくだされ。われは、疲れてなどおりませぬ。それより、皆様の命が危ないという大事な場面で、白龍《はくりゅう》神社に続いて近衛《このえ》邸と、一度ならず二度までもお側に侍《はべ》れなんだのが、悔やまれまする」

「何言ってるの。風葉《かざは》さんが別行動を取ってくれたお陰で奴らの陰謀《いんぼう》を知れたし、俺たちは近衛《このえ》家で危機一髪のところを命拾いしたんじゃないか。盛永《もりなが》たちも、まさか役人が大勢で屋敷に押し入ってくるとは思わなかっただろう」

「高杉《たかすぎ》様が台所で料理に取りかかっておられる際、広間では盛永《もりなが》たちが密かに皆様の得物《えもの》を一まとめにし、別室に隠しているのを隠れて見たものですから、もはや猶予《ゆうよ》はならぬと、役人を呼びに急ぎ外へ出た次第。高杉《たかすぎ》様の思惑《おもわく》、見事的中です」

「それは風葉《かざは》さんが、うまく機を見計らって行動してくれたからさ。それより、真田《さなだ》家の忍び宿では、水乃《みずの》さんとかいう人とはちゃんと会えたの？」

「それが、あいにくご不在で。水乃《みずの》様は、京の忍び宿の組頭《くみがしら》を務め、上方《かみがた》方面の諜報《ちょうほう》活動を取り仕切っておられる多忙な身。

居合わせた草の者の話によると、数日前に紀伊《きい》（和歌山県）へ向かわれたとの由《よし》。かの国は、関白殿下《かんぱくでんか》の軍勢によって制圧されたものの、地侍の中にはまだ不穏な動きを見せておる者も少なくないとのことで、自らの目で状況を見極めようとのご所存かと。

さりながら、高杉《たかすぎ》様にご依頼されていた物は、忍び宿にございました。宿に詰めておる草の者の了解を受け、二条第《にじょうだい》に持ち帰っております」

「良かった！　あれがあれば！」

「何じゃ？　何じゃ？　高杉《たかすぎ》殿が風葉《かざは》に依頼した物とは？」

有貴姫《ゆきひめ》だけじゃなく、沙希《さき》やりよも興味津々といった体《てい》で俺の顔色を窺《うかが》っている。

「〝鬼火猩々《おにびしょうじょう》〟の正体を、うまくすれば見極められるかもしれない道具さ」

「な、何と！　正体ということは……あれは正真正銘の魔物ではないじゃと？」

「じゃあ、あの魔物は、人の手によるからくり？　高杉《たかすぎ》氏、何だよ、その道具って？」

「見たい！……見せて！」

「それは、二条第《にじょうだい》に着いてからのお楽しみ！　さあ、急ごう。それに、夜が明けるまで、少しでも体を休めておかないと。朝起きたら、風葉《かざは》さんとは別行動を取って、調べなくちゃいけないこともいろいろあるし」

調べること。

そうだ、沓掛盛永《くつかけもりなが》という男は、都を騒がす〝鬼火猩々《おにびしょうじょう》〟と何らかの関わりを持ち、とてつもなく大きな悪巧みを巡らしているように思えてならない。

奴の素性《すじょう》を、一刻も早く明らかにしなくては。

激動の一日は終わった。

けれど、俺たちに降りかかる試練はこれからが本番だった――。

二条第《にじょうだい》に用意されている宿泊用の屋敷で、俺たちはそれぞれの寝室に行くのも面倒になり、広間で横になると着替えもせず全員すぐ寝入ってしまった。

スズメの鳴き声で目を覚ますと、雀憐《じゃくれん》の隣で寝たはずの風葉《かざは》はもういなかった。

まだ夜の明けきらない暗い時分から、近衛《このえ》家を見張るために出て行ったんだろう。

いつの間《ま》にかこっちに転がってきて、俺を囲むように眠っている有貴姫《ゆきひめ》、りよ、沙希《さき》も起き出した。

まずは、二条第《にじょうだい》に来て以来、俺たちの世話役を命じられている福住源之丞《ふくずみげんのじょう》に確認したいことがあったのだが、所司代《しょしだい》の役人に尋ねると、今日の午前中は立ち寄り先があって、出仕《しゅっし》は午後からになっていた。

それなら、前田玄以《まえだげんい》に便宜《べんぎ》を図ってもらい、別の役人の協力を仰ごうとしたら、玄以《げんい》や所司代《しょしだい》の重役たちは、朝からずっと重要な会議が入ってるらしく、すぐには面会できないという。

こうなると、京都所司代《しょしだい》での用事は、後回しにするしかない。

俺たちは、まず下京《しもぎょう》の南蛮寺《なんばん》に向かった。

とにかく、今のコスプレみたいな衣装を着替えておかないと、いくら南蛮《なんばん》文化に馴染みのある都だからといって、ものを尋ねるにしても面識のない住民からはいかがわしい人間に思われそうだ。

俺と沙希《さき》とりよは、すぐに着替えたんだけど、有貴姫《ゆきひめ》と雀憐《じゃくれん》はどこで手間を掛けてるのか、女の子用にフロイスが宛《あて》がってくれた別室からなかなか出てこない。

「ところで、フロイスさん、今の近衛《このえ》家の家政を差配している沓掛盛永《くつかけもりなが》という人物をご存じですか？」

「ノブスケサマガ、ヒトツキホドマエ、メシカカエラレタ、オサムライサマデスネ。デモ、ワタシハ、オメニカカッタコトガナイシ、ヨクハゾンジマセン。ノブスケサマノオハナシデハ、ケンノウデ（剣の腕）ガタチ、トテモタヨリニナルオカタ、トノコトデシタ」

「日本史」執筆のために、都でいろんな情報収集をしているはずのフロイスでも、公卿《くぎょう》の新人家司《けいし》（家政《かせい》を掌《つかさど》る職員）の素性《すじょう》までは知らないか……。

「下京《しもぎょう》に、中条流《ちゅうじょうりゅう》の剣術道場があると聞いたんですが、どこにあるかわかりますか？」

「チュウジョウリュウ……ソレナラ、トミヤマイッサイセンセイノ、ドウジョウデショウ。アヤノコウジ（綾小路《あやのこうじ》）・アブラノコウジ（油小路《あぶらのこうじ》）ヲ、ニシ（西）ニハイッタトコロ。コノテラカラハ、セイナン（西南）へ、ハッチョウ（八町＝約八七〇メートル）ホドデス」

フロイスはこんな町道場の場所までちゃんと把握している。彼の頭の中に入ってる日本や京に関する知識は相当なものと言えるだろう。

それでも「沓掛盛永《くつかけもりなが》」というワードは、フロイスの脳内辞書をもってしても検索でほとんど引っ掛かってこない。

沓掛盛永《くつかけもりなが》……ミステリアスな存在だ。

そのうち、有貴姫《ゆきひめ》と雀憐《じゃくれん》もようやく着替えを済ませて別室から出てきた。

「やはり、普段着慣れた物の方が楽じゃのう」

昨晩、有貴姫《ゆきひめ》も俺たち同様、南蛮《なんばん》衣装を着たまま寝てしまった。

窮屈で苦しいコルセットからようやく解放されて、表情が晴れ晴れとしている。

「あては南蛮《なんばん》衣装の方が楽やったで。巫女《みこ》の衣装は、着こなすのが大変なんや」

ませたことを言ってる雀憐《じゃくれん》だけど、幼い見かけや年齢には関係なく、女子ってのはいつだっておしゃれを気にする生き物なんだよな。

あっ、それを言うと、あまり外見に執着しない沙希《さき》とりよが女子じゃないみたいだけど、彼女らは彼女らでまた独特な可愛い面があって、迫ってこられるとドキドキするし、ついその気になってしまいそうな気分にも……って、バカ！　こんなところで、俺は何を妄想しているんだ！

ついついニヤけた俺の顔を、雀憐《じゃくれん》がじーっとのぞき込んでいる。

「一郎太《いちろうた》、ひょっとして何かいやらしい想像してたんとちゃうやろな？」

「んな訳ないだろ！　さあ、全員がそろったのなら、もう行くよ、みんな！」

図星を指された俺は、ごまかしついでにみんなの背中を押し、玄関へと追い立てた。

俺たちはフロイスに礼を言い、南蛮《なんばん》寺を後にした。

向かうは、信輔《のぶすけ》が盛永《もりなが》と出会ったという中条流《ちゅうじょうりゅう》の道場だ。

フロイスが教えてくれた「綾小路《あやのこうじ》・油小路《あぶらのこうじ》を西入《にしい》る」……とは、洛中《らくちゅう》を南北に貫く綾小《あやのこう》路《じ》通りと、東西に走る油小路《あぶらのこうじ》通りの交差点を西へ行ったところ、という意味だ。

現代にも綿々と引き継がれている京都らしい住所表示法で、これなら行きたい地点をピンポイントで探し当てられる。

下京《しもぎょう》エリアの中央西寄りの場所に、富山一斎《とみやまいっさい》という剣客が開いている道場があった。

稽古場では、武士だけでなく商人や職人の入門者も含めて三〇人近くが木刀を振るっている。活気があって、結構人気があるようだ。

一斎《いっさい》は大柄で、立派なあごひげを蓄えた五〇がらみの陽気な男だった。

道場を訪ねた俺たちが〝鬼火猩々《おにびしょうじょう》〟追討の命を受けた秀吉《ひでよし》の旗本であると聞いて、一斎《いっさい》は応接用の小ぎれいな部屋に通してくれた。

「当道場に関わりのある腕利きの剣士ですかな？」

いきなり盛永《もりなが》に絞り込んで素性《すじょう》調査を始めて、もし一斎《いっさい》が奴らの仲間だった時には警戒されてしまう。

だから、俺たちは〝鬼火猩々《おにびしょうじょう》〟退治の協力を得られそうな在野の人材を探していて、一《いっ》斎《さい》の道場に所属する熟練の剣術使いを教えてもらいに来た、という触れ込みにした。

「富山《とみやま》先生の道場は、都でも指折りと聞いています。優秀な門下の方々が、さぞたくさんおられると思いまして……」

相手を持ち上げるのも、決して忘れていない。

「ほんまに強そうなおっちゃんや。見かけだけは……」

「こりゃ！」

調子に乗って勝手なことを言い出そうとする雀憐《じゃくれん》の口を有貴姫《ゆきひめ》が塞ぎ、ニッコリとその場を取り繕《つくろ》う。

「中条流《ちゅうじょうりゅう》と言えば、南北朝（時代）の御代《みよ》から伝わる由緒正しき剣術。それを今日まで脈々と伝え、流派の名声を洛中洛外《らくちゅうらくがい》に轟かせておいでなのは、一重《ひとえ》に富山《とみやま》殿がおわすゆえじゃと、都人の噂がわらわの耳にまで入っておりますぞ」

「いやいや、それほどでも」

一斎《いっさい》の機嫌は上々だ。

歯の浮くでたらめの追従をしている有貴姫《ゆきひめ》を、沙希《さき》とりよが呆れたようなジト目で見ている。

「されど、殿下《でんか》がいよいよ魔物退治に本腰を入れられると聞いて、安堵《あんど》いたした。お上の悪口は言いたくないが、京都所司代《しょしだい》の面々ではやはり手に余ろう。当道場には、拙者《せっしゃ》の他に四天王、つまり師範代を任せる四名の高弟が常時控えており申す。殿下《でんか》のご下命あらば、我らはいつでも合力《ごうりき》を惜しみませんぞ」

「それは頼もしい限りです」

俺はここで一呼吸置き、本論に入った。

「ところで、今は近衛《このえ》家に仕えておられる沓掛盛永《くつかけもりなが》さんも、こちらの道場の出身で、剣の腕を見込まれて仕官が叶ったとか」

「おお、沓掛《くつかけ》氏でござるか。あの御仁《ごじん》も、剣の腕では四天王に匹敵、いや彼の者たちを上回るかもしれませんのう。しかし、我が道場の生え抜きとは言えませぬ」

「と言うと、沓掛《くつかけ》さんが道場に在籍していたのは、そんなに長くないと？」

「道場に通っておったのは、一年かそこらではなかったかのう？　近衛《このえ》家に仕えてからは、左府《さふ》様共々とんとご無沙汰《さた》しておるし。恐らく、近衛《このえ》家の邸内で、沓掛《くつかけ》氏が左府《さふ》様を直接指南《しなん》しているのであろう」

「信輔《のぶすけ》様は、以前からこの道場に通っておられたのですか？」

「拙者《せっしゃ》がこの地で道場を開いて、もう一五年になるが、左府《さふ》様の入門は元服《げんぷく》された八年前でござる。

よもや公卿《くぎょう》のご子弟が、町道場の門下に入るとは思いもよらなんだが、左府《さふ》様は練習熱心で、剣の筋もなかなか良い。もう少し通うてくだされていれば、皆伝の印可《いんか》も授けられるものを」

「でも、沓掛《くつかけ》さんをある意味、剣の専属の師として召し抱えるなんて、お二人は余程気が合ったんでしょうね？」

「拙者《せっしゃ》や四天王といえども、己の日々の修練と稽古を積まねばならぬゆえ、弟子たちに付ききりで教授はできぬ。

それで、門下生の中では突出して腕の優れておった沓掛《くつかけ》氏が昨年以来、道場内では左府《さふ》様の側を片時も離れず、懇切丁寧に、時には厳しく指導をしていた。そうこうするうちに、固い情義が結ばれたのでありましょう」

「沓掛《くつかけ》さんは、道場に通っておられた時は浪人だったんでしょうが、それほど剣の達人ということなら、以前はどこかの大名家に仕えていたんですか？」

「う〜む、前は丹波《たんば》（主に京都府中部、兵庫県北東部）の赤井《あかい》家の一族に仕えていたというが、長い間浪々の身となって諸国を巡っていたようでござる。無口で、あまり身の上話をせぬ御仁《ごじん》であったゆえ、拙者《せっしゃ》もそれ以上はよく存じておらぬ」

赤井《あかい》家と言えば、かつて一時は丹波《たんば》で最大の勢力を誇った戦国武将・赤井直正《あかいなおまさ》が有名だ。

直正《なおまさ》は、〝悪右衛門〟とか〝丹波《たんば》の赤鬼〟なんていうあだ名を付けられるほど勇猛で知られたんだけど、五〇歳で病死してから赤井《あかい》家は衰退し、織田信長《おだのぶなが》に屈服する。

「今は近衛《このえ》家のお屋敷内にお住まいでしょうが、それまではどこに住んでおられたんでしょう？　道場で、信輔《のぶすけ》様のほかに、仲良くされていた方はおられませんか？」

「油小路《あぶらのこうじ》通りを南へずっと進み、五条大路《ごじょうおおじ》を越え、下京《しもぎょう》からは少し出た場所に庵《いおり》を構えて、畑を耕しながら糊口《ここう》を凌《しの》いでいると言うていたが、詳しい場所までは知らぬのう。

沓掛《くつかけ》氏は、剣の稽古こそ並外れて熱心だったが、道場で気心の知れた仲間をとうとう作らなんだ。いつも最後の一人になるまで居残って技の錬磨《れんま》に励んでおったから、この道場の門下で、庵《いおり》を訪ねた者もおらぬはず。

そのようなお人が、左府《さふ》様とは妙に気が合うたのか、トントン拍子に仕官という運びにまでなり、拙者《せっしゃ》もいささか驚いておる……というか、沓掛《くつかけ》氏についてやたら詳しくお聞きになりますな？」

盛永《もりなが》についてばかりやけにしつこく聞いたもんだから、素直に答えていた一斎《いっさい》もとうとう不審げな顔をした。

「あの、その……沓掛《くつかけ》さんの剣の腕については、上京《かみぎょう》の公家《くげ》の間でも随分評判で、噂話をあちこちで聞くんですが、実際にそのお手並みを拝見する機会がなかったもんですから、つい気になってしまって……」

「はあ……左様《さよう》でござるか」

何とか取り繕《つくろ》い、俺たちは一斎《いっさい》の道場を辞去した。

一斎《いっさい》から、盛永《もりなが》に関するこれ以上の情報は得られないだろう。

それにしても、過去の経歴があまりハッキリしない点は、引っ掛かる。

「何だか、怪しい臭いがぷんぷんするな。あの、盛永《もりなが》って奴には」

「沙希《さき》に同感じゃ。高杉《たかすぎ》殿、次に向かうのは、言わずもがな……」

「庵《いおり》！……南……下京《しもぎょう》の……」

「ああ、行ってみよう。盛永《もりなが》が住んでた場所の周りなら、あいつについてもっといろんなことを知ってる人がいるかもしれない」

俺たちは、油小路《あぶらのこうじ》通りを南下した。

五条大路《ごじょうおおじ》は、下京《しもぎょう》エリアの最南端にあたる東西のラインで、堀と土塀で区画されている。

ここを越えた先にあるのは、荒れ地と畑と寺院……それに点在する掘っ建て小屋だ。

こんな場所に、盛永《もりなが》は住んでいたのか……。

俺たちは、目に見える範囲の掘っ建て小屋を一軒一軒片っ端から訪ねて行った。

と言っても、人が住んでる家屋《かおく》は全部で六〇軒くらい。

概《おお》ね農夫や浮浪者が単身か家族で暮らしていて、留守の場合は近くの畑で農作業をしている。

彼ら全員から話を聞くのは、結局三時間くらいかかった。

そして不思議なことには、誰一人として盛永《もりなが》らしき人相や風体の人物を知っていたり、見かけたりしてはいないのだった。

「もう、どうなってんだ？　奴が住んでたのは、まだずっと南の方なのか？」

沙希《さき》が、地面に突き立てたやがらもがらにもたれ掛かりながらこぼした。

「これでもかなりの範囲を調べてるから、もっと南なんて、一斎《いっさい》さんが言ってた『堀を越えて、下京《しもぎょう》からは少し出た場所』には当てはまらないよ」

「ウソ……ついた？……ヒゲおやじ……道場の……」

「いやいや、道場の誰かに聞けばすぐバレるようなウソ、つかないいんじゃないかな」

「ってことは、高杉《たかすぎ》氏!?」

「ああ、ウソをついてたのは、盛永《もりなが》ってことになる」

「されば、あの男は一体何処《どこ》に住んでおったというのじゃ？」

「キツネみたいな顔しとるさかい、穴の中と違うか？」

「左様《さよう》な訳がなかろう！　あれでも一応、あやつは人ぞ。まことの獣でもあるまいし、穴

など と。童《わらべ》はこれじゃから……」

「童《わらべ》とちゃうわい！　有貴姫《ゆきひめ》の〝でか乳〟！」

「で、で、で、でか乳じゃと！！！」

雀憐《じゃくれん》につかみ掛かろうとする有貴姫と、彼女にアカンベーをしてる雀憐《じゃくれん》との間に入って仲裁する俺は、「でもさ」と二人だけでなく、りよと沙希《さき》にも目を向けた。

「雀憐《じゃくれん》が言ってることも、あながち間違ってはいないかもしれないよ」

「そやろ、一郎太《いちろうた》！　どや、見たか！」

俺の考えてる中身をちゃんとわかって威張ってるとは全然思えないけど、雀憐《じゃくれん》はほらねという顔でみんなを見返した。

「高杉《たかすぎ》殿、それは如何《いか》なる？」

有貴姫《ゆきひめ》だけじゃく、りよや沙希《さき》も不思議そうに俺を見る。

「〝同じ穴のムジナ〟って、ことわざがあるじゃないか。その〝穴〟さ。盛永《もりなが》が根城にしてたのは、他人に知られちゃまずい場所ってことだ。こうなりゃ、怪しいなんてもんじゃない。奴と〝鬼火猩々《おにびしょうじょう》〟は、ホントにムジナなのかもしれないよ」

「「「！」」」

あんぐりと口を開けた女の子たちを促《うなが》し、俺は洛中《らくちゅう》へと足を向けた。
盛永《もりなが》が単なる秀吉《ひでよし》嫌いの小悪人じゃないという予感は、確信になりつつある。
でも今のところ、奴の素性《すじょう》に繋がるはっきりした情報は何一つ得られていない。
沓掛盛永《くつかけもりなが》……奴の正体は何なのか。どうにかして突き止めなければ——。

三章　水色桔梗

三章　水色桔梗

俺たちは、一旦二条第《にじょうだい》に戻った。

もう昼を過ぎているから、福住源之丞《ふくずみげんのじょう》も出仕《しゅっし》しているだろうと思って京都所司代《しょしだい》の役所を訪ねると、源之丞《げんのじょう》だけでなく、長官である前田玄以《まえだげんい》までもが揃って俺たちの帰りを首を長くして待っていた。

「おお、高杉《たかすぎ》殿！　昨夜、近衛《このえ》様の邸宅に〝鬼火猩々《おにびしょうじょう》〟が現れた折には、そこもともちょうど居合わせていたとのこと。大変ご苦労にござった。朝からその件の報告を受け、重役たちとの談合で大わらわでしてな」

俺たちを応接間に通すなり、玄以《げんい》が弱り切った顔でこぼした。

近衛《このえ》邸の事件は、京都所司代《しょしだい》に洛中警戒態勢の抜本的改善を促《うなが》す契機となった。

玄以《げんい》と重臣たちとの間では活発な討議が行われたらしく、源之丞《げんのじょう》の傍《かたわ》らには、右筆《ゆうひつ》（文書や記録の執筆係）が午前中に記した分厚い議事録が、山積みされた〝鬼火猩々《おにびしょうじょう》〟関連の資料と一緒に置かれている。

「とうとう、左大臣《さだいじん》家にまで危険が及んでしまい申した。しかも、これまで屋外ばかりに現れていた〝鬼火猩々《おにびしょうじょう》〟が、此度《こたび》は屋敷の中にまで浸入を……。

左府《さふ》様の身に危害が加えられなんだのは不幸中の幸い。これもみな、高杉《たかすぎ》殿のご一行がいてくださったからこそと、現場に向こうた組頭《くみがしら》からは報告が来ております」

顔見知りになったあの組頭《くみがしら》が、都合よく誤解してくれて、玄以《げんい》たちの間で俺たちの株はさらに上がってるようだ。

「あの……これにはいろいろ事情がありまして……」

「さもありましょう。されど、忍《しの》び目付《めつけ》としてのお役目柄、此度《こたび》の騒ぎは殿下《でんか》にもご注進《ちゅうしん》なさろう？　そのみぎり、何卒《なにとぞ》穏便に計らっていただきたいのです。

殿下《でんか》は、朝廷《ちょうてい》を何より重んじ、帝《みかど》や公卿《くぎょう》の皆様にはひとかたならぬ敬意をはらっておられます。しかるに〝鬼火猩々《おにびしょうじょう》〟を討ち取るどころか、昨夜の如《ごと》き失態に立ち至り、所司代《しょしだい》の面目《めんぼく》は丸潰れでござる」

玄以《げんい》は、俺たちが所司代《しょしだい》の不利になるような報告を秀吉《ひでよし》にしないか、恐れているらしい。

「前田《まえだ》様、俺たちは何も都での出来事を逐一殿下《でんか》に報告する訳じゃないんです。それはご安心ください」

そう聞かされ、玄以《げんい》は相当安堵《あんど》したようだった。

ただし、京都所司代《しょしだい》は俺たちが正体不明の敵と対峙するうえで、大きな頼りになる後援者であり、戦力だ。

近衛《このえ》家で実際に何があったかは、彼らにも知っておいてもらわないと……。

「それよりも、昨夜の件については、お二人のお耳に是非とも入れておかなければいけない話があるんです。それも、ごく内密に」

姿勢を正し、真顔になった俺に、玄以《げんい》と、隣の源之丞《げんのじょう》が何事かとにじり寄った。

下京《しもぎょう》で出会い、親しくなった信輔《のぶすけ》が独自に〝鬼火猩々《おにびしょうじょう》〟退治を画策《かくさく》していること。

彼の元には、記憶を失った仲間の三好麗《みよしれい》が身を寄せていること。

近衛《このえ》家の家司《けいし》である沓掛盛永《くつかけもりなが》は秀吉《ひでよし》を敵視し、信輔《のぶすけ》をそそのかして昨夜の近衛《このえ》邸で自分たちを闇討ちにしようとしたこと。

そのため〝鬼火猩々《おにびしょうじょう》〟が出たというウソの通報で所司代《しょしだい》の役人たちを呼び、難を逃れたということ。

これらを全て聞き終えた時、玄以《げんい》と源之丞《げんのじょう》の驚きようといったらなかった。

「ですから、近衛《このえ》邸に〝鬼火猩々《おにびしょうじょう》〟は現れていないんです。皆さんを騒がしてしまって、本当に申し訳ありません」

「高杉《たかすぎ》殿、頭を上げてくだされ。これは……一大事じゃ。洛中《らくちゅう》の警戒態勢をどうこうするなどと、頭を悩ましておる場合ではござらぬ。

あろうことか、左府《さふ》様が殿下《でんか》にご謀反《むほん》を……それがまことなら、我らは如何《いかが》すればよいのであろう。左大臣《さだいじん》家に対してとなれば、京都所司代《しょしだい》がうかつに手は出せぬ」

「前田《まえだ》様、しかし、近衛《このえ》邸での出来事は、天下をひっくり返そうとする直接的な反乱行動ではありません。しかも、その企《くわだ》てに信輔《のぶすけ》様は積極的には加わっておられないのです。あくまで事を強引に運ぼうとしたのは、盛永《もりなが》と、近衛《このえ》家に出入りする浪人の一派。その証拠に、信輔《のぶすけ》様は邸内で俺たちを助けよう、逃がそうとしてくれたんですから」

「されど、左大臣《さだいじん》家の家司《けいし》が、殿下《でんか》の旗本たる忍《しの》び目付《めつけ》の命を狙うなど、とても捨て置ける事態ではありませんぞ。急ぎ、大坂にご報告申し上げて、対処せねば」

「お待ちください。それよりも、この事件の本質は別にあります」

「別、とは？」

「盛永《もりなが》は、〃鬼火猩々《おにびしょうじょう》〃を天の意志と言ったんです。魔物が現れるのは、殿下《でんか》の政治が間違っていて、多くの民を苦しめているからだと。〃鬼火猩々《おにびしょうじょう》〃を討つのは、天に逆らうことだと。

魔物の出現を正当化して庇《かば》い、それどころか後押しするように俺たちを闇討ちしようとした盛永《もりなが》の行動を見ていると、奴は陰で〃鬼火猩々《おにびしょうじょう》〃と通じているように思えて仕方ないんです」

「人が、魔物と結託《けったく》したですと！」

「まだきちんと証明はできませんが、俺はあの〝鬼火猩々《おにびしょうじょう》〟が本物の魔物だとは考えていません」

「魔物でなければ、あやつの正体は一体全体何なのですか？」

「それはいずれ必ず、暴《あば》いてみせます。その前に、これまでの〝鬼火猩々《おにびしょうじょう》〟の行動をもっと詳しく確認させてください。福住《ふくずみ》さん、下京《しもぎょう》で十六夜《いざよい》さんの一行が襲われるよりも以前、上京《かみぎょう》ではどんな人たちが被害に遭ったんですか？」

「は、はい、しばしお待ちを」

源之丞《げんのじょう》は、山のように積み上げていた資料をかき分けつつ、手際よく分類し、俺たちの前へ時系列に並べ直した。

「最初の犠牲者は、公家《くげ》の白河時通《しらかわときみち》と、護衛の青侍《あおざぶらい》の二名。次いで、公家《くげ》・藤谷家の諸大夫《しょだいぶ》、公家《くげ》・山階《やましな》家の諸大夫《しょだいぶ》、京都所司代《しょしだい》の重役・松山新右衛門《まつやましんえもん》、公家《くげ》・安居院《あぐい》家の諸大夫《しょだいぶ》、公家《くげ》・犬養忠輔《いぬかいただすけ》の青侍《あおざぶらい》、そして、最後は公家《くげ》の弓削常典《ゆげつねのり》が襲われ、常典《つねのり》は逃げおおせて手負いはなかったのですが、従僕《じゅうぼく》の提灯《ちょうちん》持ちと太刀持ちの二名が命を落としました。

ちなみに、一昨日上京《かみぎょう》にて遭難したのは、高杉《たかすぎ》殿もご存じとは思いますが、内裏《だいり》警備の組頭《くみがしら》・大石政文《おおいしまさふみ》にございます」

「この人たちに共通していることはありませんか？」

「共通と言われましても……襲われた公家《くげ》の面々は、いずれも位階《いかい》が三位以上の公卿《くぎょう》ではなく、四位以下の堂上家《とうしょうけ》（天皇の日常生活の場である殿上間《てんじょうのま》に昇殿できる家柄）と地下家《ぢげけ》（昇殿が許されない家柄）で、位階《いかい》も官職もまちまち。武家である松山《まつやま》様と大石《おおいし》殿とは面識がなく、公家《くげ》の方々との交流もほとんどありませぬ」

「うーん……とすれば……公家《くげ》の人たちは、朝廷《ちょうてい》の中でも、殿下《でんか》と特別親しくしていたんじゃありませんか？」

俺にそう言われて、源之丞《げんのじょう》だけでなく玄以《げんい》もピンと来たようだった。

「確かに、高杉《たかすぎ》殿の言うとおりじゃ。これらの御仁《ごじん》はいずれも、殿下《でんか》にとって朝廷《ちょうてい》における心強い理解者。度々大坂まで殿下《でんか》を訪ねに来られ、朝廷《ちょうてい》内での大小様々な出来事を事細かく耳打ちしてくださる良きお味方にござる」

「なら、襲われた公家《くげ》たちはみんな、殿下《でんか》の強い支持者。松山《まつやま》様が属した京都所司代《しょしだい》は、殿下《でんか》に代わって京都を統治する拠点。大石《おおいし》さんは、内裏《だいり》警備の責任者として殿下《でんか》が派遣されたんですよね。

そして、十六夜《いざよい》さんは、殿下《でんか》の肝いりで帝《みかど》への拝謁《はいえつ》が予定されていた。

つまり、これら全員の後ろ盾になっているのが、殿下《でんか》。犠牲者の共通点は、殿下《でんか》と近しい、または殿下《でんか》の威勢を象徴するような人物ばかりだったんです。だから、今の治世を否定する存在として現れた〝鬼火猩々《おにびしょうじょう》〟の標的になってしまった」

「なるほど……」

玄以《げんい》が腕組みをして呻いた。

「盛永《もりなが》が俺たちを殺そうとしたのも、殿下《でんか》から直々に魔物退治を命じられた忍《しの》び目付《めつけ》だったから。盛永《もりなが》と〝鬼火猩々《おにびしょうじょう》〟は、全く同じ目的のもとに行動してるってことです。となると、昨夜の事件で俺たちを殺し損ねた盛永《もりなが》は、事の真相が殿下《でんか》や京都所司代《しょしだい》に通報されるのを見越して、すぐにも先手を打ってくるんじゃ……」

「先手、とは？」

玄以《げんい》に尋ねられ、俺は答えに詰まった。

秀吉《ひでよし》に対する叛意《はんい》を知られた以上、盛永《もりなが》がじっと手をこまねいているとは思えない。でも、奴が今度は具体的に何をやらかすかなんて、予想するのは相当難しいぞ。

……いや、ちょっと待て！

盛永《もりなが》じゃなく、〝鬼火猩々《おにびしょうじょう》〟が重ねてきた犯行の次の手を推測すれば！

「前田《まえだ》様、盛永《もりなが》と〝鬼火猩々《おにびしょうじょう》〟の行動原理が同じだとすると……盛永《もりなが》が打ってくる先手は、〝鬼火猩々《おにびしょうじょう》〟がやり残している最大の標的ってことでは？……」

「最大の標的？　高杉殿《たかすぎどの》は、次に誰が襲われるか、おわかりなのか？」

一座の注目が、俺に集まった。

「犯行現場が内裏《だいり》のある上京《かみぎょう》に集中し、犠牲者の多くが公家《くげ》やその家人となれば、次の標的もやはり朝廷《ちょうてい》の関係者じゃないでしょうか？

十六夜《いざよい》さんの一行が下京《しもぎょう》で襲われたのは、宿泊場所が二条第《にじょうだい》になっていて、上京《かみぎょう》で襲える機会がなかったからで、唯一の例外です。

これまでに襲われたのは位階《いかい》（官僚の序列の標示）が四位以下の人たちばかりでしたが、現在殿下《でんか》と最も近しい関係にあり、密かに朝廷《ちょうてい》対策まで助言してくれている三位以上の公《く》卿《ぎょう》がおられますよね？　右大臣《うだいじん》の菊亭晴季《きくていはるすえ》様です」

「何と、右府《うふ》（右大臣《うだいじん》の中国での官称）様が次に狙われるですと！　う〜〜む、さもありなん。

されど、忍《しの》び目付《めつけ》とは言え、殿下《でんか》と右大臣《うだいじん》家との密議の件までよくご存じでしたな。殿《でん》下《か》の側近と所司代《しょしだい》のごく一部の者しか知らされておらぬ、極秘事項ですぞ」

「ええ、まあ、何となく……」

玄以《げんい》はえらく感服してくれているけれど、これも一応頭の中に入ってた〝関白争論《かんぱくそうろん》〟の知識の一部だ。

「されど、何でもお見通しの高杉《たかすぎ》殿でさえ、沓掛盛永《くつかけもりなが》の素性《すじょう》だけは、皆目《かいもく》突き止められぬのじゃからのう〜」

有貴姫《ゆきひめ》の大きなつぶやきに、玄以《げんい》も嘆息《たんそく》を漏らす。

「所司代《しょしだい》とて、公卿《くぎょう》の家政がどのようになっておるか常日頃目は光らせておるが、沓掛盛《くつかけもり》永《なが》なる人物を左府《さふ》様が召し抱えられたのは最近のことでもあるし、素性《すじょう》についてはまだ詳しく把握できておらぬ」

「もし、詳しい経歴がわかれば、奴らの本当の目的が見えてくるような気がするんです」

「本当の目的？」

「だって、殿下《でんか》と親しい公家《くげ》や関係者を殺して、それでおしまいってことはないですよ。それをテコにして、何かもっと大きな謀略《ぼうりゃく》を企《くわだ》ててるんじゃないでしょうか？」

それは、決して突飛《とっぴ》な想像じゃない。俺と同じように感じたのか、玄以《げんい》と源之丞《げんのじょう》は不安げに顔を見合わせる。

重苦しい空気が応接間に満ち、俺はふと視線を横に移した。

俺たちの前に広げられた資料以外の〝鬼火猩々《おにびしょうじょう》〟関連書類が、部屋の片隅に積み直されている。

その横で、雀憐《じゃくれん》が身体を丸くし、嬉々《きき》として何かに絵筆を走らせていた。

よく見ると……また、人の顔の落書き！

それを、性懲《しょうこ》りもなく和綴《わと》じされた資料の一つに描いてるぞ！

さっきから大人しくしてると思っていたら、あいつ、何てことを！

「こら、こら、こらーー！　雀憐《じゃくれん》、止めないかーーーーーー！」

俺は、慌《あわ》てて雀憐《じゃくれん》に近付き、落書きを描いている冊子を取り上げた。

これは、今日の午前中に作られた議事録だ。

「何すんねん、一郎太《いちろうた》！」

「何すんねん、じゃないだろ！　何度言ったらわかるんだ！　いくら紙でも、大切に保管しなくちゃいけない大事な書類に落書きなんかしちゃダメなんだって！」

「落書きやないわい！」

「これのどこが、落書きじゃないって言うんだ？」

「あても、みんなの手助けをしようとしてるんや！」

「落書きが、どう手助けになるんだ？　そんなに言うことを聞かないのなら、今日一日、ご飯抜きにするぞ！　それでもいいのか～？」

途端に、雀憐《じゃくれん》の顔色が変わる。

食い意地の張ってるこのガキンチョには、こういう言い聞かせ方が一番堪えるはずだ。

「まあまあ、高杉殿《たかすぎどの》、そこまで言わなくても」

「あたしたちに混じってずっと難しい話を聞いてたんだ。少し退屈しただけなんだからさ」

「食べさせてあげて……ご飯……」

有貴姫《ゆきひめ》、沙希《さき》、りよが、雀憐《じゃくれん》との間に入って俺をなだめようとする。

彼女たちは、どうも雀憐《じゃくれん》には甘い。

「でもさ、雀憐《じゃくれん》が落書きしてたのは、重要書類だよ！　こんな絵を描いちゃったら、もう消せないじゃないか」

玄以《げんい》や源之丞《げんのじょう》の手前、このくらい叱っておかないと示しが付かない。

それでも、怒ってるだろうな～、二人とも。

きまり悪げに俺が二人を見ると、玄以《げんい》は硬い表情ながらも笑顔をつくって黙認の態度を示してくれた。

やっぱり元々は高僧だけあって、人ができている。

でも、源之丞《げんのじょう》の方は……眉間《みけん》にしわを寄せてる！

そりゃ、現場の人間にしてみりゃ、資料を勝手に汚されて、許せないよな～。

「あの、福住《ふくずみ》さん、お怒りはごもっともなんですけど……」

俺は、正座する源之丞《げんのじょう》に腰を屈《かが》めて話しかけた。

でも彼の視線は、俺が左手で持つ議事録にじっと注《そそ》がれている。

彼が注視《ちゅうし》しているのは、議事録……の裏表紙に描かれている落書きだった。

「高杉様《たかすぎ》……この男は……」

源之丞《げんのじょう》は、困惑したような顔で落書きを指差した。

俺は、改めて雀憐《じゃくれん》の落書きに目を落とした。

かなり上手に描かれていて、細面《ほそおもて》で、鋭い目つきをしたキツネ顔……って、これは盛永《もりなが》の似顔絵じゃないか！

「さいぜん（先ほど）から、近衛《このえ》さんの屋敷にいた一番悪い奴の話、みんながしてたやろ。そやから、手近にあった紙に、あいつの憎たらしい顔をささっと描いてみたんや。どや、上手いやろ？」

性懲《しょうこ》りもなく、雀憐《じゃくれん》が大いばりで言った。

「おおーっ、まさしくあの忌々《いまいま》しいキツネ顔じゃ！」

「ほんとにそっくりだ。この絵を見てると、昨晩を思い出して、またはらわたが煮えくりかえってきたぞ！」

「上手！……雀憐《じゃくれん》！……」

その似顔絵は、女の子たちから絶賛の嵐だ。

「へへん！　わかったか、一郎太!!」

雀憐《じゃくれん》が、ドヤ顔で俺を見上げる。

「というと、これは沓掛盛永《くつかけもりなが》なる者の似せ絵なのですか？」

この源之丞《げんのじょう》のリアクションは、明らかに妙だった。

「まさか、福住《ふくずみ》さんは盛永《もりなが》と顔見知り……とか？」

「いや、顔見知りとか、親しい間柄ではありませぬ……。それに、拙者《せっしゃ》が知るこの男は、沓掛盛永《くつかけもりなが》ではなく……かつて明智光秀《あけちみつひで》に仕えていた武者・斎藤九郎右衛門《さいとうくろうえもん》なのです」


「「「「えーーーーーーーーっ！！！」」」」


あまりの衝撃《しょうげき》で、俺たちは口をあんぐりとさせた。

沓掛盛永《くつかけもりなが》は偽名で、実は本能寺《ほんのうじ》の変《へん》を起こした明智光秀《あけちみつひで》の家臣だったなんて！

「どうして、福住《ふくずみ》さんがそれをご存じなんですか？」

「源之丞《げんのじょう》は——かつて光秀《みつひで》に仕えておったのですよ」

彼の代わりに、玄以《げんい》が答えた。

「この者は、近江《おうみ》（滋賀県）・滋賀郡の郷士の家に生まれ、かの地を信長《のぶなが》公より賜《たまわ》った光《みつ》秀《ひで》に若くして召し抱えられた。

光秀《みつひで》が畿内《きない》（京の都に近い山城《やましろ》・大和《やまと》・河内《かわち》・和泉《いずみ》・摂津《せっつ》の五か国）の軍勢の指揮を任されると、源之丞《げんのじょう》は明智《あけち》家の京屋敷で留守居役の補佐をするようにまでなりましてな。

比叡山延暦寺《ひえいざんえんりゃくじ》にいた拙僧が、信長《のぶなが》公に招聘《しょうへい》され、ご嫡男《ちゃくなん》・信忠《のぶただ》公の側近として都で政務に就《つ》いて以来、源之丞《げんのじょう》とは度々顔を合わるようになった。

なかなか仕事のできる男ゆえ、信忠《のぶただ》公に仲介をお願いし、光秀《みつひで》よりもらい受けたのが三年前。本能寺《ほんのうじ》の変《へん》が起こったのは、それから三月後であったか……」

「あの折、前田《まえだ》家に仕官させていただいておらねば、拙者《せっしゃ》は恐らく今この世にはおりますまい」

源之丞《げんのじょう》が言っているのは、その後の明智《あけち》家の運命についてだ。

光秀《みつひで》は本能寺《ほんのうじ》の変《へん》で信長《のぶなが》、信忠《のぶただ》親子を討ち取り、一時は天下の主導権を握ったものの、一三日後には秀吉《ひでよし》との山崎の戦いで惨敗し、逃げる途中で落ち武者狩りの百姓に襲われて落命した。

逃げ延びた主な家臣たちも捕らえられて処刑されるか、あるいは自害して果て、明智《あけち》軍は消滅する。

その渦中《かちゅう》にいたなら、源之丞《げんのじょう》だって決して無事では済まなかっただろう。

「沓掛盛永《くつかけもりなが》は、その明智《あけち》軍の中でも最強とうたわれた斎藤利三《さいとうとしみつ》隊に属す騎馬武者の一人。拙者《せっしゃ》は京の屋敷詰めで、出陣する機会はほとんどなく、盛永《もりなが》と顔を合わせたのは二、三度なれど、力自慢で、主たる利三《としみつ》様を戦さで何度も救い、光秀《みつひで》様への深い尊崇《そんすう》を常日頃口にする忠勤ぶりは、明智《あけち》家中でもつとに知られておりました。

山崎の合戦の前後に討ち死にしたとばかり思っておりましたが、よもや名を変えて近衛《このえ》家に仕官していたとは……」

「ふむ、拙僧も斎藤九郎右衛門《さいとうくろうえもん》とは面識こそないが、名前は何度か聞いたことがある。明《あけ》智《ち》家でも指折りの剣客で、利三《としみつ》と姓が同じなのは、遠縁だからではなかったか……」

盛永《もりなが》が、明智《あけち》家の旧臣《きゅうしん》。しかもそれを隠して不穏な動きを見せているとなれば、これはいよいよ裏に大きな陰謀《いんぼう》が秘められていると思った方がいい。

でも、いろいろ思案する前に、俺は「雀憐《じゃくれん》」と向き直った。

「大声出して、ごめん。君の絵のお陰で、やっと沓掛盛永《くつかけもりなが》の素性《すじょう》を突き止めることができた。ありがとう」

「あてかて、ちゃんと一郎太《いちろうた》たちの役に立つやろ？　それがわかったら、もう子供扱いはせんといてな」

「そうだな。俺もちょっと早とちりしたかな……」

「そうなんや、一郎太《いちろうた》はちょっと早とちりなんやな。そそっかしいと言うか、粗忽者《そこつもの》と言うか、そやのに何でか、周りのおなごにはモテるんやから不思議やわ。

まあ多分、おなごの目から見たら、こういうおっちょこちょいなところが、心配で放っとかれへんからやろうけど、それにしても、もうちょっと一郎太《いちろうた》は気を付けた方がええわな」

雀憐《じゃくれん》が調子に乗ってペラペラしゃべってるのを黙って聞いていたら、俺は段々腹が立ってきた。

「ちょっと待て！　お前、どこまで話をくだらない方向へ持って行ってんだ！」

「あてが、何か間違うたこと言うてるか！」

顔を近付けてにらみ合う俺と雀憐《じゃくれん》の間に、有貴姫《ゆきひめ》たちが「まあまあ」と割り込んでくる。

「高杉《たかすぎ》氏も、そんなに青筋を立てずとも。盛永《もりなが》の素性を突き止められたのは、雀憐《じゃくれん》の手柄ではないか」

沙希《さき》にそう諭されると、俺ももうちょっと大人にならなくちゃと反省するしかない。

「そりゃそうだけど……すまない。大人げなかったよ。でも雀憐《じゃくれん》、今度から絵を描きたくなった時は、事前にちゃんと教えてくれよ」

「は〜い！」

返事はいいんだけど、ホントにちゃんと守ってくれるのか……。

やれやれといった表情で肩をすくめる俺を見て、有貴姫《ゆきひめ》、りよ、沙希《さき》がクスリと笑う。

そこへ突然、「失礼いたします」という女性の声と共に、障子が開いた。

膝をついて控えているのは、風葉《かざは》だ。しかも、顔つきが相当に険《けわ》しい。

彼女が、近衛《このえ》邸からここへ戻ってきたとなると……。

「風葉《かざは》さん、中に入って……盛永《もりなが》に動きがあったの？」

玄以《げんい》や源之丞《げんのじょう》にも一礼して部屋に入った風葉《かざは》が、真剣な眼差《まなざ》しを向けた。

「沓掛盛永《くつかけもりなが》は、目と鼻の先の洛外《らくがい》（都の郊外）にて、戦さ支度をしておりまする！」

開口一番、風葉《かざは》が発した言葉に、その場の全員が戦慄《せんりつ》して声を失った――。


風葉《かざは》の話を、俺の歴史知識を交えて説明すると、こうだ。

今日、彼女は日の出前に京都所司代《しょしだい》を発ち、近衛《このえ》邸の監視に入った。

夜が明けて、二、三時間は出入りする者もおらず、何の変化もなかったが、巳《み》の刻《こく》（午前一〇時）に近くなって、裏口から一人の男が出てきた。

編み笠を深く被った武士で、顔は良く見えなかったが、その背格好から風葉《かざは》は盛永《もりなが》だと見抜き、尾行を始めた。

盛永《もりなが》は、屋敷を出てから一条《いちじょう》大路を真っ直ぐ西へ進み、とうとう上京《かみぎょう》を形成する堀も越えた。

上京《かみぎょう》エリアを出ると、途端に家屋《かおく》はまばらとなり、荒れ地が広がって見通しが良くなる。尾行を続けるにはハイレベルのテクニックを要したらしいけど、盛永《もりなが》は堀からさらに九町（約九八〇メートル）ほど西進して姿を消した。

そこは、荒れ地ではなく、一種の廃墟《はいきょ》だった。

崩れた土塀、朽ちて原形をとどめていない屋敷跡が密集しているその場所は、〝内野《うちの》〟と呼ばれている平安京《へいあんきょう》の大内裏《だいだいり》跡である。

「鳴くよ（七九四）ウグイス、平安京《へいあんきょう》」の年号記憶法で現代人の多くが知っているように、平安京《へいあんきょう》は日本の首都として七九四年に京都で造営された。

京都市の中心部に位置し、東西約四・五キロ、南北約五・二キロの長方形に区画された巨大都市だ。

その北寄り、中央部に大内裏《だいだいり》が設けられた。

大内裏《だいだいり》は、平安京《へいあんきょう》の宮城であり、その規模は東西約一・二キロ、南北約一・四キロ。政務や国家的儀式が行われる大極殿《だいごくでん》や、天皇の住居である清涼殿《せいりょうでん》など多数の施設が設けられ、大きな築地《ついじ》（泥土をつき固めて作った塀）で囲まれていたという。

ところが、平安時代の末期になると度重《たびかさ》なる政変や火災によって焼失し、鎌倉時代に入った一二二七年に発生した大火災で大半が焼失。それ以後は再建されず、内野《うちの》と呼ばれる荒れ地になってしまった。

平安京《へいあんきょう》そのものは、東西南北に走る大路《おおじ》と小路《こうじ》によって整然と区画整理されたものの、エリアがあまりにも広大だったから、全域を宅地にはできなかった。特に西南部は湿地帯で、温帯性マラリアも流行したから、人が住みたがらず、例外処置として農地にされるケースもあった。

その反面、上流貴族や官吏たちの屋敷は主に北東部に密集し、一般民衆は南東部に集まる傾向を生み、自然と市街地は東寄りに発展していく。

応仁《おうにん》の乱《らん》以降、平安京《へいあんきょう》の大半は戦乱で焼失したけれど、元々公家《くげ》、寺社、武家が多く集まっていた北東部は「上京《かみぎょう》」、商工業者や貧しい民衆が集中していた南東部は「下京《しもぎょう》」としてかろうじて残り、昔と比べれば都は格段に小規模となっていた。

「内野《うちの》へと入っていった盛永《もりなが》をさらに追うと、一際《ひときわ》大きな殿舎《でんしゃ》の廃墟《はいきょ》へと行き着いたのです。そこは朽ちているとは申せ、母屋《おもや》の一部がまだ形を留め、最近手入れをしたと見られる跡があちこちにあり、簡略な屋根まで据《す》えられておりました」

風葉《かざは》の報告に、玄以《げんい》が目をむく。

「や、屋根まで？　内野《うちの》の一際《ひときわ》大きな廃墟《はいきょ》となれば、それは大極殿《だいごくでん》か、紫宸殿《ししんでん》か……そこが、人の住めるような場所に修繕《しゅうぜん》されておると申すか！　何たることじゃ……」

玄以《げんい》の狼狽《ろうばい》ぶりから、内野《うちの》はノーマークだったのが察せられる。

いくら内野《うちの》が洛外《らくがい》とは言え、京都所司代《しょしだい》としてはつかんでおかなければならない情報だったろう。

でも、驚くのはまだ早かった。

「しばらくしたらそこへ、山積みの荷にムシロを被せた荷車が一台、二台と、洛中《らくちゅう》の方角より続け様に何台もやってきました。すると、廃墟《はいきょ》の中から盛永《もりなが》が出てきたのです……一〇〇人以上の浪人と共に」

「一〇〇人！　盛永《もりなが》はそれほど多くの浪人を集めて、何をしようと？」

動揺する源之丞《げんのじょう》に対して答えるように、風葉《かざは》が続けた。

「荷車は八台で、ムシロの下は大きな木箱ばかり。浪人たちが木箱を地面に下ろし、蓋《ふた》を一つずつ開けていくと、中からは鉄砲や弓矢が続々……」

こうなれば、奴らが武力に訴えようとしているのは明らかだった。

「前田《まえだ》様、盛永《もりなが》たちは都で何らかの騒動を起こすつもりです」

「まさしく……」

俺に対して賛意を示した玄以《げんい》は、改めて思案顔になった。

「されど、奴らの狙いは？　先ほどの高杉《たかすぎ》殿の推察と結びつければ、右大臣《うだいじん》家ということになるのだが……一〇〇人もの大人数で、青侍《あおざぶらい》が二〇人にも満たぬであろう右大臣《うだいじん》家に討ち入りなどしようか？」

「〝鬼火猩々《おにびしょうじょう》〟の犠牲者は、天意に背《そむ》く勢力だから命を奪われた、というのが敵の筋書きです。それなら、菊亭《きくてい》様も、兵士ではなく〝鬼火猩々《おにびしょうじょう》〟に襲われなければなりません。鉄砲や弓を使って集団で動くとすれば、それとは別の企《たくら》みになるでしょう」

「それにしても、それだけ大量の得物《えもの》、洛中《らくちゅう》から運び込んだとすると、果たしてどこに隠しておったのか」

「一つ、思い当たるとすれば……それは相当広い敷地で、しかも所司代《しょしだい》の役人でさえ簡単に捜索や出入りができない高貴な身分が関わっている場所」

「……左府《さふ》（信輔《のぶすけ》）様のお屋敷！　それで、盛永《もりなが》は近衛《このえ》家に！」

「それだけが理由じゃないとは思いますが……」

「荷の中身については、まだ続きが！」

風葉《かざは》が、俺と玄以《げんい》との会話に割って入った。

「荷の一つからは、水色桔梗《ききょう》の家紋をあしらった、旗指物《はたさしもの》が束になって出て参りました」

「「「水色桔梗《ききょう》！」」」

女の子たちのアンテナには引っ掛からなかっただろうけど、俺、玄以《げんい》、源之丞《げんのじょう》には、それが何を意味するかすぐにわかった。

水色桔梗《ききょう》と言えば、明智光秀《あけちみつひで》が使用していた家紋だ！

戦国時代に武将たちが使用した旗印の多くは白地に黒や赤や青で染められていたんだけど、水色桔梗《ききょう》のように水色地に家紋を白で抜いたものは珍しい。

「となると、内野《うちの》にいるのは、明智《あけち》軍の残党！　風葉《かざは》さん、そこに集まってるのはまだ一〇〇人くらいなんだね？」

「われが彼の地に着き、荷車がやってきた折はその程度だったのですが、それから一刻（二時間）ほど様子を見ている間に、旅姿の浪人たちが三々五々現れ、廃墟《はいきょ》の中へ……。あの調子で寄せ集まっておれば、日暮れまでには、三、四〇〇人にもなろうかと」

「前田《まえだ》様、戦さに敗れ、一旦は散り散りになった明智《あけち》の旧臣たちが集結しつつあるんです。

これはどこかの屋敷や人を襲うとか、そんな限定的な騒ぎじゃなく、明智《あけち》軍として本格的に武装蜂起《ほうき》し、都に動乱を起こそうというつもりでは」

「明智《あけち》の旗を押し出してくるからには、盟主となっているのは一族の者なのであろうか？」

「山崎の合戦後、嫡男《ちゃくなん》とされている光慶《みつよし》は丹波《たんば》統治の拠点にしていた亀山城《かめやまじょう》で自害し、娘《むすめ》婿《むこ》だったという秀満《ひでみつ》は近江《おうみ》にあるもう一つの拠点・坂本城で光秀《みつひで》の妻子を刺し殺してから自害、別の娘婿《むすめむこ》とされる光忠《みつただ》も京の知恩院《ちおんいん》で自害したと言われてますよね。一族は滅亡してるんじゃや？」

「いや、それは身内の主立った者だけのこと。娘婿《むすめむこ》は、あちこちにおりまする。本能寺《ほんのうじ》の変《へん》直後に織田信孝《おだのぶたか》（織田信長の三男）様らによって殺された津田信澄《つだのぶすみ》殿は省いて、光秀《みつひで》に加担せなんだ細川忠興《ほそかわただおき》殿や筒井定次《つついさだつぐ》殿といった大名の方々。

それに、元々殿下《でんか》の馬廻《うままわ》り役を務めている川勝秀氏《かわかつひでうじ》殿と、本能寺《ほんのうじ》の変《へん》後は殿下《でんか》に臣従《しんじゅう》した井戸治秀《いどはるひで》殿」

「皆さん殿下《でんか》のお味方ですよね。それ以外の子供は？」

「後は……僧籍に入った子があったかのう、源之丞《げんのじょう》？」

「はい。玄琳《げんりん》と不立《ふりゅう》の二人が」

「その二人は、今どこにいるんですか？」

「確か、玄琳《げんりん》は妙心寺《みょうしんじ》、不立《ふりゅう》は天龍寺《てんりゅうじ》に入っていたかと」

「そのお寺はどこにあるんです？」

「妙心寺《みょうしんじ》は、上京《かみぎょう》の北小路《きたこうじ》をずーっと西へ八町（約八七〇メートル）ほどいったところ。天龍寺《てんりゅうじ》は、この二条第《にじょうだい》より西に一里（約三・九キロ）以上の道のりでございます」

「どっちも都の郊外。馬でもあれば、すぐに行ける場所じゃないですか。それなら、この二人のどちらかを連れてきて、盟主に推《お》すっていうのはアリですよね」

「つまり、還俗《げんぞく》（一度出家した者がもとの俗人に戻ること）させるということですな？」

玄以《げんい》が、何度もうなずきつつ応じる。

「そうです、そうです。後継者がいない場合は、血縁を求めて一旦はお坊さんになった人を還俗《げんぞく》させて家を継がせる事例はよくあるんですから」

室町《むろまち》幕府最後の将軍・足利義昭《あしかがよしあき》は大和《やまと》国（奈良県）にある一乗院《いちじょういん》の門跡（皇族や貴族が住職を務める特定の寺、またはその住職）だったというし、桶狭間《おけはざま》の戦いで信長《のぶなが》に討たれた東海地方の大名・今川義元《いまがわよしもと》は四歳で仏門に入れられ、一八歳で還俗《げんぞく》した。

勇将・山中鹿之助《やまなかしかのすけ》は、毛利《もうり》家に滅ぼされた出雲《いずも》国（島根県東部）の尼子《あまご》家を再興させるために、京の東福寺《とうふくじ》にいた一族の遺児を探し出して尼子勝久《あまごかつひさ》と名乗らせ、何度も合戦に挑んだんだっけ。

「風葉《かざは》さん、内野《うちの》の隠れ家には、頭を剃《そ》っていて、周囲から一目《いちもく》置かれてるような人物はいなかった？」

「鉄砲や弓矢を運び入れるため、中にいた者は総動員されたと見受けましたが、それらしき人物は何処《どこ》にも。浪人どもの指揮は、盛永《もりなが》が執《と》っておりました」

「なら、まだそこには連れられてきていないか……。でも、すぐに妙心寺《みょうしんじ》と天龍寺《てんりゅうじ》には見張りを向かわせた方がいいですよ。盛永《もりなが》らの手下が迎えに行こうとしたり、自ら寺を抜け出そうとしたりするなら、その場で拘束《こうそく》しなくちゃ」

「承知した。源之丞《げんのじょう》、妙心寺《みょうしんじ》と天龍寺《てんりゅうじ》へ御徒組《おかちぐみ》（徒士《かち》で編成された隊）を送り、監視させよ！　そして、殿下《でんか》に恨みを持つ明智《あけち》の兵卒どもが都で蜂起《ほうき》するとなれば、真っ先に狙われるのはこの所司代《しょしだい》。速やかに二条第《にじょうだい》の守りを固め、非番の兵も残らず招集するのじゃ！　大坂の殿下《でんか》に急使も忘れるな！」

「ははっ！」

源之丞《げんのじょう》は、大急ぎで部屋から出て行く。

「しかし、盛永《もりなが》たちの狙いが、所司代《しょしだい》だけとは限りません。上京《かみぎょう》と下京《しもぎょう》の各所に火を付け、都を火の海にしようとするかも……いずれにせよ、奴らの準備が整わないうちに、内野《うちの》の本拠地を急襲すべきです」

俺の進言に、玄以《げんい》は素直にうなずいた。

「無論じゃ。こちらの兵力は一〇〇〇。二条第《にじょうだい》の守りに一〇〇を割いても、九〇〇人は動かせる。平地と変わらぬ内野《うちの》での戦さとなれば、相手を多めに五〇〇と見積もっても、こちらが有利。これから所司代《しょしだい》全軍の戦さ支度を整えるとなると、出陣は真夜中となりましょうが、この数で夜襲をかければ、明智《あけち》の残党などひねりつぶせるはず」

玄以《げんい》の作戦は間違ってはいないと思う。しかし、こっちが提案しておいて何だけど、どうも何かが……。

二条第《にじょうだい》は、法華宗《ほっけしゅう》の大寺院・妙顕寺《みょうけんじ》跡に建てられて「妙顕寺城《みょうけんじ》」の別名があるように、立派な城郭だ。

通常、城攻めの場合は、守備隊の三倍以上の兵力が必要とされる。京都所司代《しょしだい》の兵力が一〇〇〇人というのは、周知の事実。盛永《もりなが》だって当然知ってるだろう。

ならば、二条第《にじょうだい》を攻めるには、単純に三〇〇〇人以上の兵力が必要になる。

本能寺《ほんのうじ》の変《へん》直後、光秀《みつひで》は二万人近い直属軍を率いていた。

秀吉《ひでよし》に大敗した山崎の戦いで、明智《あけち》軍の戦死者は三〇〇〇人程度だったというから、逃げ散った兵士は相当数にのぼっただろう。

だから、あと何日もかければ三〇〇〇人くらいは集まるのかもしれないが、俺たちに叛《はん》意《い》を明かした盛永《もりなが》にそんな時間的余裕はないはず。

一〇〇〇人にも満たない兵力で行動を起こすとすれば、まともに二条第《にじょうだい》へ攻め掛かってくるとは言い切れない……。だからこそ、都の焼き討ちという可能性が出てくるんだけれど、都を焦土にしたって、そんな少人数なら、いずれは秀吉《ひでよし》の大軍に反撃されて、鎮圧されてしまうのは目に見えてる。

打上花火みたいに、単発であっけなく終わってしまうような反乱を起こす意味が、盛永《もりなが》にはあるのか？

それとも、単発では終わらない、俺たちが思いも寄らない陰謀《いんぼう》がまだ巡らされているんじゃないだろうか……？

「高杉《たかすぎ》殿、高杉《たかすぎ》殿……」

考えにふけていたから、玄以《げんい》に何度も呼ばれているのに気付かなかった。

「あっ、すいません、つい……」

「で、高杉《たかすぎ》殿はこれからいかがなされる？」

「俺たちは……」

有貴姫《ゆきひめ》、りよ、沙希《さき》、風葉《かざは》、そして俺というたった五人の一団だけでは、当たり前のことながら何百人もいる盛永《もりなが》の軍勢にはまともに立ち向かえない。

そちらは、京都所司代《しょしだい》に任せておくのが良いだろう。

「菊亭《きくてい》様のお屋敷に行ってみようと思うんですが……」

そう言って、俺は女の子たちに目配《めくば》せした。

「さもありなん！　盛永《もりなが》めが反乱を企《くわだ》てておるからと言うて、菊亭《きくてい》様が狙われずに済む訳ではないのじゃ。わらわは言うまでもなく、高杉《たかすぎ》殿に付いていく。何しろ、筆頭家臣じゃからのう」

「もう、姫様！　またしても勝手に筆頭などと！　高杉《たかすぎ》氏の一番の家臣として、この村上沙希《さき》もどこまでもお供する！」

「守る！……旦那様と……菊亭《きくてい》様……付き人家臣だから！」

「われは……高杉《たかすぎ》様の家臣ではありませぬが、元よりご一緒に！　それに、〝鬼火猩々《おにびしょうじょう》〟が現れた時のために、高杉《たかすぎ》様が講じられた秘策も用意してございます！」

有貴姫《ゆきひめ》、沙希《さき》、りよに少し遅れて、風葉《かざは》も遠慮がちに名乗りを上げた。

「それそれ！　一体どんな秘策なんか、あても早よ見たい、見たい！」

「雀憐《じゃくれん》……」

俺は、はしゃぐ雀憐《じゃくれん》の両肩をつかみ、しゃがんで顔を突き合わせた。

「止めても無駄やで！」

雀憐《じゃくれん》が、俺の機先を制した。留守番を命じられるのは、先刻承知だったんだろう。

「でも、今度こそ、ホントに危険なんだ。もし〝鬼火猩々《おにびしょうじょう》〟と〝かまいたち〟が出てくれば、俺たちは命がけで戦わなくちゃいけない。

もし正体を暴けたとしても、相手は滅法強いだろう。俺たちは、負けるかもしれない。死闘が繰り広げられれば、君を守ることだってできなくなるんだ」

「あんな……有貴姫《ゆきひめ》や沙希《さき》やりよが、一郎太《いちろうた》の随一の家臣やて言うてるように、あても十六夜《いざよい》様の一番弟子なんや。

十六夜《いざよい》様を救うためやったら、あては命なんかいらへんのや。十六夜《いざよい》様の生死や居場所を確かめる術《すべ》が〝鬼火猩々《おにびしょうじょう》〟退治にあるんやったら、あてもその場におらなあかんのや！

……もしまた二条第《にじょうだい》に残されても、必ず抜け出して、一郎太《いちろうた》の後を追うさかい、好きにしたらええやん！」

不退転の決意、とでも言うんだろうか。両手の拳《こぶし》を握りしめ、唇をかんで立つ幼い少女からは、そんな強い意志がはっきりと見て取れた。

これじゃ、言い聞かせるのは無理だ。

「じゃあ……俺たちの言うことを聞いて、決して危ないマネはしないと約束するなら」

俺がそう言った途端、雀憐《じゃくれん》は弾けるような笑顔になった。

「うん！　言うこと聞く！　天地神明に誓って！」

俺たちは、二条第《にじょうだい》で準備を整え、右大臣《うだいじん》・菊亭晴季《きくていはるすえ》の屋敷へと向かった。

玄以《げんい》の話によると、太政官《だじょうかん》の各大臣の朝廷《ちょうてい》での勤務時間は午前中で、重要案件がない限り、昼過ぎには帰宅するという。

それなら、晴季《はるすえ》はもう屋敷にいるはずだ。

俺の予感が当たっているなら、〝鬼火猩々《おにびしょうじょう》〟との決戦は刻一刻と迫っていた。


右大臣《うだいじん》・菊亭晴季《きくていはるすえ》の屋敷は、上京《かみぎょう》と下京《しもぎょう》を結ぶ室町小路《むろまちこうじ》を上がり（北進し）、上京《かみぎょう》エリアを東西に走る正親町小路《おおぎまちこうじ》を東へ五〇メートルほど進んだ場所にあった。

屋敷は、下京《しもぎょう》に密集する小さな商家や職家なんかより相当大きい。でも、近衛《このえ》邸と比べると、その四分の一くらいの敷地面積しかない。

菊亭《きくてい》邸から東南方向の斜め向かいには、天皇の居住の場である内裏《だいり》が建っていた。

菊亭《きくてい》家は、今出川《いまでがわ》家とも言う。

藤原氏嫡流《ちゃくりゅう》で公家《くげ》の家格の頂点に立ち、近衛《このえ》家も含まれる五摂家《ごせっけ》に次いで、太政大臣《だじょうだいじん》になれる家格の清華家《せいがけ》（久我《くが》・三条《さんじょう》・西園寺《さいおんじ》・徳大寺《とくだいじ》・花山院《かざんいん》・大炊御門《おおいみかど》・今出川《いまでがわ》）に入っている。

藤原四家の一つである藤原北家・西園寺《さいおんじ》家の庶流（宗家ないし本家より別れた系統）で、鎌倉時代末期、太政大臣《だじょうだいじん》・西園寺実兼《さいおんじさねかね》の四男・兼季《かねすえ》が、邸宅とする今出川《いまでがわ》殿から名字をとった。

また、この邸宅には兼季《かねすえ》が愛した菊が数多く植えられ、季節になると見事な景観を呈《てい》したことから、菊亭《きくてい》の名字も併せて使うようになったという。

朝廷《ちょうてい》の最高機関である太政官《だじょうかん》において、右大臣《うだいじん》は、常設ではない最高職の太政大臣《だじょうだいじん》、実質的な行政最高責任者の左大臣《さだいじん》と合わせて「三台星《さんたいせい》」とも呼ばれる重職だ。

当時、晴季《はるすえ》は四七歳。脂が乗り切って野心があり、朝廷《ちょうてい》工作にも長けていたから、秀吉《ひでよし》に重宝され、フィクサーのような存在になったんだろう。

老獪《ろうかい》な晴季《はるすえ》から見れば、まだ二〇歳そこその信輔《のぶすけ》は御《ぎょ》しやすいお坊ちゃま公卿《くぎょう》だったに違いない。実際、晴季《はるすえ》は秀吉《ひでよし》を日本初の武家関白《かんぱく》に就任させる陰の功労者となり、この後は信輔《のぶすけ》をカヤの外に置いて武家関白《かんぱく》制の世襲《せしゅう》化へ向けて暗躍していく。

風葉《かざは》の助言で、俺たちは極力目立たないよう回り道しながら屋敷に近付き、勝手口を叩いた。

〝鬼火猩々《おにびしょうじょう》〟の次の標的が晴季《はるすえ》なのであれば、出入りに使う正門は、敵に見張られているかもしれないからだ。

門前で家人に、俺たちの身分を告げ、事実とはちょっと違うけど、秀吉《ひでよし》から命じられた緊急の要件なので晴季《はるすえ》にすぐ取り次いでほしいと要請したら、ほとんど待たず邸内に入れてもらえた。

近衛《このえ》邸と同じように、菊亭《きくてい》家の屋敷も所々が傷み、決して小ぎれいとは言えない。公家《くげ》の窮乏《きゅうぼう》ぶりは、どこも変わらないようだ。

それでも、応接間だけは、時々秀吉《ひでよし》も密談のために足を運んでくるせいか、飛び抜けて綺麗《きれい》に整えられていた。畳も真っさらだ。

俺からすると、冷淡でずる賢く、トリッキーな公卿《くぎょう》というイメージがすごく強かった晴《はる》季《すえ》なんだけど、〝鬼火猩々《おにびしょうじょう》〟に命を狙われていると聞かされた時の仰天ぶりと怯《おび》え方は度を超していた。


「まろの命が、〝鬼火猩々《おにびしょうじょう》〟に！」

そう叫ぶなり、まるで子供みたいに膝を抱えて部屋の隅に移動し、「くわばらくわばら……神様仏様、何卒《なにとぞ》お助けを〜〜〜」などとつぶやきながらガタガタ震えている。

この時代、武力を持たず、綿々と引き継いできた権威や格式だけを頼りに生きてきた公《く》家《げ》とは、これほどに臆病な人種なんだろうか。

それからすると、未来を自分の手で切り開こうと、恐れることなく魔物に挑もうとしている信輔《のぶすけ》の姿は、とても潔《いさぎよ》くて、好感を持てる。

「右府《うふ》様！」

一応敬称でもって呼び掛けた俺は、身を乗り出した。

「もう猶予《ゆうよ》はありません。〝鬼火猩々《おにびしょうじょう》〟の魔手からお救いするために、俺たちには策があります。何卒《なにとぞ》お聞き届けくださいませんか？」

「策やて？　そんなもん、ほんまにあるんか？　そら、襲われた公家《くげ》本人はたまたまほとんど無事やったとは言うても、護衛や従僕《じゅうぼく》はぎょうさん殺されとるやないか。まろに危害が及ばんと、保証などできるもんかいな」

晴季《はるすえ》は真っ青な顔で文句を付ける。

「ですから、その危険な現場から離れていただく策です。これには、殿下《でんか》のお墨付きもいただいています」

このくらいは話を盛っておかないと、ラチが明きそうにない。

「殿下《でんか》のお墨付きも……ほんまに、ほんまやろな……」

晴季《はるすえ》が用心深い目つきで、ようやく俺に膝を寄せてきた。彼の了解さえ得られれば、後はすぐに準備するだけだ。日暮れは近い——。

四章 化けの皮

四章　化けの皮

日没と同時に、菊亭《きくてい》邸の正門が開け放たれ、大きな提灯《ちょうちん》が掲《かか》げられた。

これは、貴人の夜間出入りがあると、外に向けてアピールするためだ。外っていうのは、もちろん〝鬼火猩々《おにびしょうじょう》〟とその仲間たちに向けてである。

戌《いぬ》の刻《こく》（午後八時頃）になって、一台の輿《こし》が正門から外に出た。

屋根を含めて乗用者を囲う屋形は、全て黒の漆《うるし》塗りで、三枚のカエデの葉をモチーフにした「三つ楓」の家紋が四方に金箔で押されている。

「三つ楓」紋は、菊亭《きくてい》家の家紋だ。

輿《こし》は肩で担ぐタイプではなく、屋形を乗せる二本の棒である轅《ながえ》を、手を下げた腰の位置で持つ手輿《たごし》。

本来は、天皇が内裏《だいり》の中を移動する時に用いる略式の乗り物だったんだけど、時代を経るにつれ、上級貴族や僧侶が外出時に牛車《ぎっしゃ》（牛に牽引《けんいん》させる貴族の乗り物）の代わりとして使うようになった。

そして、この手輿《たごし》を前と後ろで担いでいるのが、沙希《さき》と俺。

輿《こし》には誰も乗っていないんだけど、こんなにでかい乗り物をたった二人で担ぐのはかなりの重労働だ。

力仕事だから、唯一の男子である俺が抜ける訳にはいかない。あと一人は、女の子たちの中で一番の力持ちだろうという満場一致の結論で、沙希《さき》が選ばれた。

先頭には提灯《ちょうちん》を下げる風葉《かざは》、輿《こし》の横には薙刀《なぎなた》を携えた有貴姫《ゆきひめ》が護衛役を装っている。

四人とも、手輿《たごし》を担ぐ力者《りきしゃ》と従僕《じゅうぼく》に見せかけるため、菊亭《きくてい》家で白の水干《すいかん》（丸襟で背縫いのない庶民の衣裳）を借りて着用した。

つまりこの輿《こし》は、〝鬼火猩々《おにびしょうじょう》〟をおびき出すための囮《おとり》という仕掛けだ。

近距離での戦闘になった場合、半弓《はんきゅう》を持つりよは不利なので、輿《こし》から一〇メートル以上後ろに離れて付いてきてもらうことにした。

雀憐《じゃくれん》も、りよと一緒にいる。

二人は変装する必要がないから、普段着のままだ。

俺たちは菊亭《きくてい》邸から室町小路《むろまちこうじ》を南進し、上京《かみぎょう》エリアから下京《しもぎょう》エリアの最南端にあたる五《ご》条大路《じょうおおじ》に突き当たったら西に向かい、下京《しもぎょう》エリアの西南部に隣接する大寺院・本國寺《ほんこくじ》を目指す段取りにしている。

本國寺《ほんこくじ》は、日蓮宗の大本山であり、菊亭《きくてい》家の菩提寺《ぼだいじ》にあたる。

この寺は、かつて織田信長《おだのぶなが》の後援によって上洛を果たした室町《むろまち》幕府第一五代将軍・足利《あしかが》義昭《よしあき》が仮御所《かりごしょ》とし、一五六九年の本國寺《ほんこくじ》の変が勃発した場所としても知られる。

信長《のぶなが》が、わずかな守備兵を置いて当時の本拠地だった美濃《みの》国（岐阜《ぎふ》県南部）へ帰った隙を突き、都を追われていた有力武将連合・三好《みよし》三人衆（三好長逸《みよしながやす》・三好政康《みよしまさやす》・岩成友通《いわなりともみち》）が本國寺《ほんこくじ》を襲撃する。

この時、寺の警護を任されていたのが、明智光秀《あけちみつひで》だ。

光秀《みつひで》は、防衛施設としては不備の多い寺で、わずかな手勢しか持たない圧倒的不利な情勢にもかかわらず、大いに奮戦して敵の侵入を許さなかった。

この結果、急を聞いた信長《のぶなが》の援軍が駆け付け、三好《みよし》三人衆を撃破。義昭《よしあき》は、九死に一生を得た。

信長《のぶなが》は、堅固な城郭の必要性を痛感し、義昭《よしあき》のための二条御所《にじょうごしょ》建築を決断。本國寺《ほんこくじ》にあった建物を解体し、二条御所《にじょうごしょ》の資材として流用したという。

菊亭《きくてい》家の菩提寺《ぼだいじ》が、こんな風に光秀《みつひで》と関わっているのも、何かの因縁かもしれない。

俺たちが目的地をこの寺に選んだのはそれだけじゃなく、菊亭《きくてい》邸からは四キロ以上ある行程でもあり、ゆっくり時間をかけて歩いてるうちに、〝鬼火猩々《おにびしょうじょう》〟が現れてくれるかもしれないと期待したからだ。

真っ暗な室町小路《むろまちこうじ》を進み、右へ曲がれば二条第《にじょうだい》がある二条大路《にじょうおおじ》も過ぎた。

今夜も空には厚い雲が広がっていて、月は出ていない。

下京《しもぎょう》エリアに入り、東西ラインの押小路《おしのこうじ》、三条坊門小路《さんじょうぼうもんこうじ》、姉小路《あねこうじ》ときて、もうすぐ三条《さんじょう》大路《おおじ》とクロスするポイントに着く。

菊亭《きくてい》邸を出てから、もう一時間近くになる。

腕がひどくしびれてきてるから、ここらでちょっと休憩したいところだ。

「沙希《さき》さん、腕は大丈夫？」

「あたしは平気だぞ！」

後ろに向かって話しかけると、見込みに反して元気な声が返ってきた。

そりゃ、女の子とは言え、水軍の副将格として常日頃体を鍛えてきたんだろうから、俺とは体力が違うことくらいわかってはいたけど……。

これじゃ、俺の口から休憩したいなんて言い出しにくい。

「されど、公家《くげ》とはあのようなものなのかのう」

結構へたばってきてるのが何となく察せられそうなのに、有貴姫《ゆきひめ》が屈託なく語りかけてくる。

「あのようとは？」

「〝鬼火猩々《おにびしょうじょう》〟が目の前に現れた訳でもないのに、あの怯えようといったら。男のくせに情けない！」

「まあ、そりゃそうだけど、あの人たちは、戦うことを義務付けられた武士とは、根本的に違うんだから」

「それにしても、じゃ！　元来日《ひ》の本《もと》は、朝廷《ちょうてい》によって政《まつりごと》が行われてきたのであろう？　それが、腰抜けの小心者ばかり集まっておるようでは、天下のご政道を武家が肩代わりせねばならぬのも致し方あるまい」

「公家《くげ》っていうのは、臆病な生き物なんだろうね……臆病……!?」

何か、この事件の背後に潜む謎を解く、大きなヒントを得た感覚がした。

公家《くげ》は〝臆病〟だ。

自ら武力を持たないため、強い者には媚《こ》びへつらい、そいつが一旦没落したと見るや、すぐ新たな有力者に付き……政争の中心地で権力者が二転三転する京の都では、それを繰り返して生き延びてきた。

戦国時代もそうだし、二七〇年近く大きな内戦が起こらなかった江戸時代を経て、再び動乱の世となった幕末でも、多くの公家《くげ》たちは佐幕《さばく》派と尊王攘夷《そんのうじょうい》派を天秤にかけ、明治維新後は政府内有力者である薩長土肥（倒幕に功績のあった薩摩《さつま》、長州《ちょうしゅう》、土佐《とさ》、肥前《ひぜん》の四藩）勢力の間を行ったり来たりして保身に努めたんだった。

そんな公家《くげ》たちの〝習性〟を、〝鬼火猩々《おにびしょうじょう》〟が利用しようとしているんだとしたら……。

もうちょっとで考えがまとまりそうだった時、前をあまりよく見ていなかった俺は、急に立ち止まった風葉《かざは》にぶつかった。

「ごめん、風葉《かざは》さん。どうしたの？」

輿《こし》を止めた俺は、提灯《ちょうちん》を持っていない左手で彼女が指している方向に視線を移し、びくっとなった。

室町小路《むろまちこうじ》と三条大路《さんじょうおおじ》の交差点を少し南へ越えたあたりに、青白く光る人のような姿が浮かび上がっていた。

交差点のやや北側にいる俺たちとの距離は、約二〇メートル。

「いきなり止まって、どうしたんだ？　高杉《たかすぎ》氏！」

前方が見えない沙希《さき》から、声が飛ぶ。

「沙希《さき》さん、〝鬼火猩々《おにびしょうじょう》〟だ！　輿《こし》を下ろすよ！」

「わかった！」

屋形の中には、俺と沙希《さき》と風葉《かざは》の武器を入れている。

やがらもがらを引き抜いて前に出てきた沙希《さき》が、前方の〝鬼火猩々《おにびしょうじょう》〟を見るなり恐怖で固まった。

隣にいる有貴姫《ゆきひめ》も、さっきから薙刀《なぎなた》を握って突っ立ったままだ。

俺は自分の杖《じょう》と、風葉《かざは》の忍び刀を屋形から引っ張り出し、彼女の背中を突いた。

「高杉様《たかすぎ》……………」

風葉《かざは》までもが、金縛りを掛けられたようになって〝鬼火猩々《おにびしょうじょう》〟から視線を外せず、刀を取れない。

そりゃ、いくら俺が口で「〝鬼火猩々《おにびしょうじょう》〟は魔物じゃないかもしれない」と言ったって、それをきちんと目の前で証明できてはいない。

女の子たちにしてみればまだ半信半疑で、近代の人間とは比べ物にならないほど強い魔物への恐怖心を払拭《ふっしょく》できないままなのは当然だ。

でも、このまま全員が気圧《けお》されたままじゃマズイ。特に風葉《かざは》には、これから一働きしてもらわなくちゃいけないのに。

「風葉《かざは》さん、しっかりして！　ヘビににらまれたカエルみたいになってちゃいけない！」

「カエル!?」

俺の発した言葉の中の「カエル」だけに反応して、風葉《かざは》は血相《けっそう》を変えて振り向いた。

「どこに？　どこにカエルがいるのですか！　高杉様《たかすぎ》！」

「えっ？　それはもののたとえで……カエルなんて、どこにもいないんだけど……」

「高杉様《たかすぎ》！　斯様《かよう》な折にお戯《たわむ》れはいい加減にしてくださいませ！」

憤然と詰め寄ろうとした風葉《かざは》は、俺の顔を見て頼まれていた役目を思い出したのか、はたと手を打った。

「そうでした！　あれを用意せねば！」

風葉《かざは》は、提灯《ちょうちん》を俺に渡し、代わりに忍び刀を受け取ってから大慌《おおあわ》てで屋形の中に潜り込む。

そう言えば、日向国《ひゅうがのくに》（宮崎県）に潜入した時、風葉《かざは》はカエルに飛び付かれてパニックになってたな。どうしてそんなにカエルが嫌いなのかはわからないんだけど、とにかく自分を取り戻してくれて良かった。

俺と風葉《かざは》の珍妙なやり取りで緊張が解けたのか、有貴姫《ゆきひめ》と沙希《さき》はおのおのの武器を〝鬼《おに》火猩々《びしょうじょう》〟に向け構え直した。

「ケケケケ……ケケケケケ……」

あの甲高く、不気味な笑い声が闇の中でこだました。

その直後、横の筋である三条大路《さんじょうおおじ》から人が走ってくる足音が聞こえてきた。

俺たちの真ん前に滑り込むようにして駆けてきた二人が、〝鬼火猩々《おにびしょうじょう》〟に向けて腰の刀を抜いた。

一人は武士の平服姿、もう一人は西洋の中世騎士風で、ツバが広くて、大きな白い羽根飾りの付いた帽子を被っている。

「信輔《のぶすけ》様！　雅《みやび》さん！」

二人が、刀を前に向けたまま振り向いた。雅《みやび》は、四条河原で斬り落とされた仮面をもう付けてはいない。

「おのれ、よくも我らの前に平気でのこのこと！　またもや罠にかけようという所存ではあるまいな！」

「あたしたちを屋敷であんな目に遭わせたんだ！　何を考えてるかわからないぞ！」

有貴姫《ゆきひめ》と沙希《さき》が、薙刀《なぎなた》とやがらもがらの切っ先を二人に向けた。

「違います！」

これに、雅《みやび》が言い返した。

「信輔《のぶすけ》様は、あなた方を殺《あや》めようと思ってお屋敷に招いたのではないのです。心底、高杉《たかすぎ》様や皆様をお信じになられ、共に戦おうと！　されど、沓掛《くつかけ》が勝手にあのように卑劣な小細工を仕掛け……」

「何を言うか！　あのキツネ顔は、いずれにせよ近衛《このえ》家の家臣であろうが！　家臣が勝手な振る舞いをするようなら、主《あるじ》たるものそれを止めさせ、厳罰に処すのがまことではないか！　それをせなんだというのは、キツネ顔の偽計《ぎけい》を暗に認めたのと同じこと！」

有貴姫《ゆきひめ》に一喝《いっかつ》され、雅《みやび》が反論しようとするのを、信輔《のぶすけ》が手で制した。

「雅《みやび》、もうよい。かの姫が申すことは、一々もっともじゃ」

「されど……」

信輔《のぶすけ》は雅《みやび》に向かって首を横に振り、俺を見た。

「高杉《たかすぎ》、許せ。わしが、甘すぎたのだ。――一年前、町道場で師範代同様の扱いを受けていた盛永《もりなが》と出会い、以来奴はわしに付きっきりで懇切丁寧に、そして厳しく剣技を叩き込んだ。左大臣《さだいじん》としてではなく、一人の剣士として扱うてくれた。

不断の稽古の甲斐あって、わずか一年の間に、わしの剣の腕は著《いちじる》しく向上した。わしは盛永《もりなが》に心から感謝し、絶大な信頼を寄せるようになり、近衛《このえ》家への招聘《しょうへい》を決めた。わしにとって、剣の腕を磨くことこそが、他の何よりも優先された。

盛永《もりなが》は家臣ではあるが、わしにとっては剣の師でもあったのだ。師に対して、弟子は逆らえぬ。次第に家政は盛永《もりなが》に任せきりとなってしまい、見知らぬ浪人が屋敷に出入りするようにも。そして昨夜は、とうとうあのような思いも寄らぬ事態に……。

盛永《もりなが》には、盛永《もりなが》の言い分がある。わしのため、お家のためという忠義心から出た行為なのだと説かれれば、師の言葉を即座にははね付けられぬ。

なれどあれからじっくりと頭を冷やし、疑念がわいた。関白殿下《かんぱくでんか》に逆らい、お前たちの命を奪うのが、果たして正義なのかと。今、わしがやらねばならぬのは、罪もない人々を次々と殺《あや》める魔物を討つことではないのかと」

「信輔《のぶすけ》様、よく言ってくださいました。それに……盛永《もりなが》という男は明智光秀《あけちみつひで》の旧臣《きゅうしん》だったことをご存じでしたか？」

「よもや、それはまことか!?」

「本当です。しかも、奴は近衛《このえ》家を隠れ蓑《みの》にし、武器を揃え、都で謀反《むほん》を起こそうと企《たくら》んでいるんですよ。洛外《らくがい》の隠れ家では、もう相当数の旧臣《きゅうしん》が集まっています」

「盛永《もりなが》は、そのためにわしに近付いたというのか!!」

「恐らく……信輔《のぶすけ》様、俺たちの共通の敵は、〝鬼火猩々《おにびしょうじょう》〟であり、盛永《もりなが》でもあるんです！」

「そうであったか……」

「ケケケケ……近衛信輔《このえのぶすけ》……」

俺と信輔《のぶすけ》との間に、改めて絆が結ばれようとするのを、〝鬼火猩々《おにびしょうじょう》〟が邪魔をした。

「余は魔物にあらず……この世が悪の支配者によって乱れていくのを正すため、天の意志で降臨した神霊である……考え違いをいたすでない……」

甲高く、耳障りな声が、信輔《のぶすけ》にだけ語りかける。

「お前の家臣が申したとおり……羽柴秀吉《はしばひでよし》は……もはや公家《くげ》に関白職《かんぱく》を譲ることはない……それはまことだ……近衛《このえ》家は騙されたのだ……斯様《かよう》な不義が許されようか？……怒れ！……何故《なにゆえ》怒らぬ！」

信輔《のぶすけ》の体が揺れ、わずかながら動揺が走ったのを感じさせる。

「朝廷《ちょうてい》を武家で牛耳《ぎゅうじ》り……公家《くげ》をないがしろにしようとする天下人など……この日《ひ》の本《もと》に不要であろう……まずは……悪人・秀吉《ひでよし》の手先たる……目の前の者どもを誅《ちゅう》するがよい……それが……お前の使命なのだぞ……さあ、やれ！」

それでも信輔《のぶすけ》は、まだ〝鬼火猩々《おにびしょうじょう》〟に刀を向け続ける。

「近衛信輔《このえのぶすけ》……余が現世の存在でなく……天の力を具現化する身であると……まだわから

ぬのか？……わからぬならば……見せてやろう……それっ」

合図と共に、〝鬼火猩々《おにびしょうじょう》〟の背後から、今度は六本の刃が出現した。

〝かまいたち〟だ！　宙に浮いた刃は、舞うように円運動をしている。

信輔《のぶすけ》も雅《みやび》も、眼前に展開している恐ろしい光景に圧倒され、剣尖がわずかに下がった。

有貴姫《ゆきひめ》と沙希《さき》は、どうにか怖さを堪えようと、柄《つか》を持つ両手を何度も握り直して気力を保とうとしている。

「近衛信輔《このえのぶすけ》……天に逆らうというならば……お前から誅《ちゅう》することになろうぞ!!」

〝鬼火猩々《おにびしょうじょう》〟の言葉に従うように、〝かまいたち〟が徐々に前進を始めた。

シュッ！　ビシッ！

鋭い音がして、俺の持っていた提灯《ちょうちん》の火袋（提灯《ちょうちん》の本体部分）が落ちた。と同時に、左手で持ち、肩に乗せていた杖《じょう》に何かが当たったのを感じた。

ちょうど、心臓の辺り。杖《じょう》の柄に十字手裏剣が突き立っている。

提灯《ちょうちん》に命中したのも、同じ十字手裏剣だろう。持ち手の先端部をもがれ、地面に落ちた火袋は一旦強く燃え、急速に炎を弱めていく。

ごく近くをほんのりと照らすだけの照明ではあったけれど、これで周囲はほぼ真っ暗となってしまった。

提灯《ちょうちん》の明かりを反射させていた〝かまいたち〟の刃も、すこぶる見えづらい。それが奴らの狙いだ。提灯《ちょうちん》を持っている俺をまず最初に倒し、周りを暗くすること。

やはり、そうだったのか！　俺はここで、〝かまいたち〟の正体に確証を得た。

その六本の刃が、舞いながらじわじわと迫ってくる。

こうなれば、もう戦うしかない。

俺は、杖《じょう》を刀と同じように握り、杖先《じょうさき》を相手の目に向ける「右本手《みぎほんて》の構《かま》え」を取り、信《のぶ》輔《すけ》と雅《みやび》の間に入り、さらに一歩踏み込む。

俺の決意を見て取った信輔《のぶすけ》が、そして雅《みやび》が、気を取り直して刀を中段に構える。

有貴姫《ゆきひめ》と沙希《さき》もまなじりを決し、左右に分かれて俺たち三人の横に並び出た。

〝かまいたち〟との距離は、もう七、八メートルくらいになっている。

こいつらとまともに戦うためには、風葉《かざは》の細工が必要なのに。間に合わないのか……俺が後方の屋形に潜り込んだ風葉《かざは》に声を掛けようとした、その時！

「**高杉様《たかすぎさま》、場所を開けてくださいませーーー！**」

背中越しに聞こえてきた風葉《かざは》の大声を待ってましたとばかり、俺はひょいと斜め後ろに跳んでスペースを空けた。

ビシビシビシビシ！

異様な音を発しつつ、風葉《かざは》が右脇に抱えて持ってきた物を見た全員が、目を丸くした。

それは、長さが一メートル以上、直径が一五センチくらいの竹筒だった。

その先端から赤い火花が、三〇センチ以上先まで飛び散っている。

消防士が消防ホースを持つような格好のまま、風葉《かざは》が竹筒の先端を〝かまいたち〟に向けた。

ビシャビシャビシャビシューーーーー！

突然、轟音を発して火花が大きく噴出した。

刃の舞が止まる。

〝かまいたち〟にも届くほどの火花は、同時に俺たちの前方を明るく照らした。

「「「「！！！」」」」

そこで映し出された光景に、信輔《のぶすけ》、雅《みやび》、有貴姫《ゆきひめ》、沙希《さき》、そして火花を吹き付けている風《かざ》葉《は》までもが目を疑った。

六つの刃が宙に浮いている……のではなく、六振りの刀を、頭のてっぺんから手の先、つま先まで、真っ黒な装束で包み、目の部分だけをわずかに開けている六人の人間が持っている。

やっぱり、思ったとおりだった。

「何と……」

「わたしが太刀打ちしたのも、こやつら……」

信輔《のぶすけ》と雅《みやび》が、唖然《あぜん》として口走った。

真夜中でも無数の電飾や街灯で昼間みたいに明るい街中を知る俺には驚きだったんだけれど、戦国時代ではどんなに大きな城下町や集落だって、夜になれば真っ暗けになって何も見えなくなる。

夜道の安全のために街道沿いや湊《みなと》に常夜灯が設けられるのは、江戸時代になってからだ。

だから夜に黒い衣装を着込めば、誰でも闇の中に溶け込めてしまう。

これまで襲われた人たちは、夜目も利《き》かず、訳のわからないうちに囲まれて、一斉に斬りかかられてしまったんだろう。

ひょっとしたら、トリックは案外単純かもしれないと想像した俺は、風葉《かざは》が京の忍び宿へ行くと聞いて、この〝取火方《とりびかた》〟が使えるんじゃないかと思い付いた。

忍者は、困難な作戦を遂行するために、忍び刀や手裏剣以外にもいろんな武器を使った。火を使う火術も、忍者には必須の戦闘方法で、夜襲や火攻めを行う時に利用されたのが、取火方《とりびかた》だ。

俺も本で読んだだけの知識だったけど、竹筒の中に鉄粉と火薬を仕込み、火花を敵に吹き付けて攻撃する。

火花は猛烈な勢いで出るだろうから、これは照明にも転用できるはず。もし、忍び宿に取火方《とりびかた》が備えられているのなら、持ってきてほしいと風葉《かざは》に依頼した。それが、運良く手に入ったってことだ。

それにしても、この火花の勢いは凄まじい。俺がイメージしてた大きさの二、三倍はある。二条第《にじょうだい》で初めてこれを風葉《かざは》に見せてもらった時は、こんな特大サイズの取火方《とりびかた》もあるのかと、舌を巻いた。

どんなことでも、ネットや本だけで知ったつもりになってちゃいけない。できるのならば、こうやって実物もきちんと見ておかないと。

六人の黒装束は刀を上段、中段、右脇と様々に構えたものの、激しい火花に押されて、一歩も前に踏み出せない。

「あれを見よ、どれも人ではないか！　斯様《かよう》な子供だましで、たばかられておったとは、無念じゃ！」

「〝かまいたち〟が妖怪でも化け物でもないのなら、もう怖い者なしだぞ！」

有貴姫《ゆきひめ》と沙希《さき》の雄叫びを聞くやいなや、黒装束は二手に分かれた。

ほとんど足音を立てずに素早く移動するこの様子は、忍者と見て間違いない。

火花を避けて左右に散った黒装束が、ついに突進してきた。

風葉《かざは》が竹筒を垂直に立て、噴き出し花火のようにすると、俺たちを中心に、一二メートルはある室町小路《むろまちこうじ》の道幅全体が明るく照らされた。

俺、有貴姫《ゆきひめ》、沙希《さき》、風葉《かざは》、信輔《のぶすけ》、雅《みやび》……刃を交える味方は六人。敵も六人。

一対一のぶつかり合いになった。

相手は、全員剣の手練れだ。剣技に心得《こころえ》のある信輔《のぶすけ》と雅《みやび》でさえ、苦戦している。

長柄武器を持つ有貴姫《ゆきひめ》と沙希《さき》は、敵が敏捷に体を移動させ、刃をかわして何度も接近しようと試みるので、牽制《けんせい》に追われて防戦一方になっている。

長柄武器はリーチが長い分、刀より有利だが、小回りが利かないため接近されると危険だ。

風葉《かざは》は、左手で取火方《とりびかた》を支え、右手の忍び刀で、巧みに斬り掛かる敵を防いでいる。

そして、この中では一番武術に劣る俺が、明らかなことだけど最も悪戦苦闘していた。

何しろ、俺に向かってきた相手も、すばしっこくて、絶えず動き回りながら斬り込んでくる。

敵が前に踏み込んでくるタイミングと、刀の動きとを見切り、杖《じょう》で受け止める。

結局俺も、攻めに転じるきっかけをなかなか得られない。

りよは半弓《はんきゅう》を構え、斬り合いをしている俺たちからは距離を取りつつも、道の真ん中に出てきている。が、どの敵もちょこまかと動いているうえ、接近戦で敵味方がくるくると位置を変えるため、的を絞れない。

そんなりよの腰に抱き付いて、雀憐《じゃくれん》が戦いを見守っている。

このままじゃ、いつかは疲れから隙ができて、斬られてしまう。

どうにかしなければ……敵と一定距離を置いて対峙できるような障害物はないだろうか……敵の攻撃をかわしている最中、俺の視界の端に輿のシルエットが入った。

あれが使えるんじゃ！

俺は、敵に背を向け、輿《こし》に向かって走る。

敵は、言うまでもなく追いかけてくる。

俺は、輿《こし》の周りをぐるぐると回った。

敵も、同じようにぐるぐると追う。

全力で走ってるから、相当にバテてきた。でも、敵は全く疲れていそうにない。

追いつかれる！

ここで、いい考えが頭に浮かんだ。

追いつかれて構わないんだ！

何周もした後、俺は急停止し、杖尻《じょうじり》を持つ右手を思い切り後ろに振った。

黒檀《こくたん》でできた俺の杖《じょう》は、長さが四尺（約一二〇センチ）以上ある。

通常の刀は、三尺（約九〇センチ）前後だから、杖《じょう》の方が間合いを広く取れる。

刀の間合いに慣れている敵は、いきなり顔面を横薙ぎで襲ってきた杖《じょう》に驚いただろう。

それでも、飛び抜けた運動神経を持つ敵は、顔を後ろに反らしてぎりぎりかわし、さらに一歩下がった。

俺は振り返って杖《じょう》を「右本手《みぎほんて》の構《かま》え」で、相手の顔面に突きつけた。

俺が肩で息をしているほどではないけれど、相手も一旦刀を上段に構え、息を整えているようだ。

静止した、このほんのわずかな時間でも、りよにとっては十分だった。

ピシュ――――――――！

敵の背中に、りよの放った矢が突き立った。

「うっ……」

小さなうめき声をあげた敵は、ガクンと膝を折り、そのままうつ伏せに倒れた。

「やったーーー！　なんちゅうすごい腕前なんや、りよの弓は！」

雀憐《じゃくれん》が、ぴょんぴょん跳ねながら歓声を上げる。

これで、拮抗《きっこう》していた戦力バランスが崩れた！

俺が助っ人に入れるから、戦いは有利になるはず……と思っていたら、風葉《かざは》の持つ取火《とりび》方《かた》の火花が段々弱くなり、周囲が暗くなってきた。

俺が本の図解で見たタイプよりずっと大きな取火方《とりびかた》ではある、しかし、火花は一〇分も二〇分も持ちはしないようだ。

「高杉様《たかすぎ》……こちらへ！」

俺と戦っていた敵が倒れたのを、雀憐《じゃくれん》の声援で知ったのか、風葉《かざは》が助けを求めた。

「わかった！　すぐ行く！」

俺は、猛然とダッシュした。

俺の接近に気付いた敵が、一瞬こちらを向いた間隙を縫って、風葉《かざは》は取火方《とりびかた》を離し、相手に躍りかかりざま、忍び刀を突き入れた。

さっきからずっと取火方《とりびかた》を離さずに戦っていたんだから、敵はまさか風葉《かざは》が飛び掛かってくるとは思わなかったんだろう。

敵は防ぐ間もなく、風葉《かざは》の忍び刀で胸を深々と刺された。

風葉《かざは》と入れ違う格好で、俺は横に傾いていく取火方《とりびかた》を受け止めた。

敵にとどめを刺した風葉《かざは》が、時を移さず戻ってくる。

「高杉様《たかすぎ》、この取火方《とりびかた》はもうすぐ消えてしまいまする。まだ屋形の中に予備の一本がありますゆえ、われはそれに火を付けて参ります。この筒が燃え尽きるまでの間は、倒さず持っていてくださいませ！」

そう言い残して、風葉《かざは》は再び屋形の中に入っていく。

これじゃ、まだ誰の助っ人にもなれない。

信輔《のぶすけ》、雅《みやび》、有貴姫《ゆきひめ》、沙希《さき》は、一進一退の激闘を繰り広げている。

ああ、焦れったい……。

四人の中では、信輔《のぶすけ》が劣勢だ。

疲労してきているのか、体の動きにキレがなくなっている。

しかも、信輔《のぶすけ》の相手は、六人の敵の中でも一番強そうだというのが、太刀ゆきの速さを見ていて俺にもわかる。

信輔《のぶすけ》の上半身を目掛けて右に左にと斬りつけていた敵の刀が、一転して向きを下に変え、足を狙った。

この斬撃を、信輔《のぶすけ》はとうとう防げなかった。

「うわっ！」

左足を斬られ、信輔《のぶすけ》は転倒する。

「信輔《のぶすけ》様！」

彼の窮地《きゅうち》に気付いた雅《みやび》が、自分の相手に向かって大きく刀を旋回させ、後ろに飛び退かせた……と見るや反転し、信輔《のぶすけ》に最後の一撃を加えようとしていた敵に斬り掛かった。

それを察知した敵は、ひょいとかわして雅《みやび》に刀を向ける。

地面に尻餅をついている信輔《のぶすけ》は、斬られた場所に左手を当て、右手に持った刀を上げて戦意を見せてはいるが、あれじゃあまともには刀は振るえない。

「信輔《のぶすけ》様、大事ありませぬか！」

彼を庇《かば》うように立ち塞がった雅《みやび》が、敵に視線を合わせたまま尋ねた。

彼女の衣服は、大きく膨らんでいる袖口《そでぐち》がぼろぼろになり、上着の裾《すそ》が破れて所々ひらひらしている。

激しい斬り合いの中で、敵の刃をぎりぎりのところで何度もかわしたんだろう。

衣服はあちこち斬られているものの、ケガはしていないようだ。

「不覚を取った……」

「立てまするか？」

そう聞かれて、信輔《のぶすけ》は一旦立ち上がろうとした。しかし、左足では踏ん張れず、再び地面に尻を打ち付けた。

「刀を支えにすれば立てるであろうが、それではもはや戦えぬ。相手は手強い。二人を同時に相手にしてはならぬ！　雅《みやび》、わしには構うな！　わしから離れて戦え！」

「そうはいきませぬ！」

雅《みやび》の前には、最初から戦っていた相手も加わり、二人の黒装束が対峙している。

その一人が打ちかかってきたのを、雅《みやび》は刀で受け止めた。

その機を捉《とら》えて、もう一人が刀を下からすくい上げるように斬り付けた。

雅《みやび》は、その一閃をうまくかわしはした。が、帽子のツバはスパッと斬られ、頭から弾き跳んだ。

雅《みやび》がわずかに気を取られた虚を突いて、もう一人が刀を横に薙ぐ。

ビシッ！

刀が、雅《みやび》の赤い上着に垂れる白いレースを斬り裂いた。

雅《みやび》の反射神経が直撃をどうにか免《まぬが》れさせたけど、これ以上はもう見ていられない。助けにいかなくちゃ！

りよの傍らにいる雀憐《じゃくれん》が、思いあまって地面に落ちている石を拾い、敵に向かっていこうとした。それに気付いたりよが、慌てて雀憐《じゃくれん》の着物の襟《えり》をつかみ、引き止める。

「離せ、離せ、あてもあいつらやっつけに行く！」

「ダメ！……危ない！……」

りよは、暴れる雀憐《じゃくれん》を自分の後ろに引っ張り込む。

「高杉《たかすぎ》様、お待たせいたしました！」

風葉《かざは》が新たな取火方《とりびかた》を抱えてきたのを見て、俺はすぐに飛び出した。

左手には杖《じょう》、右手には……先端がもう線香花火みたいになってる最初の取火方《とりびかた》を逆手に持ち上げている。

急速に暗くなっていた周囲が、また明るくなった。

雅《みやび》の相手二人は、今度は一斉に斬り掛かろうと足並みを揃えて詰め寄りつつある。

間に合ってくれ！

俺は走りながら、渾身《こんしん》の力を込め、槍投げの要領で取火方《とりびかた》を敵の一人に向けてぶん投げた。

「当たれ！！！」

火事場のバカ力だろうか。言葉には力が宿るという言霊《ことだま》の威力だろうか。たまたまか。

投擲《とうてき》された取火方《とりびかた》は、真っ直ぐ敵に向かって飛んだ。


ガシッ！


首のすぐ下を取火方《とりびかた》に直撃された敵の一人が、大きくつんのめって雅《みやび》の前に出た。

バランスを崩したこの敵を、雅《みやび》が素早く斬り下ろす。

「グエッ！」

袈裟懸《けさ》けに斬られた敵は、地面に転がる。

俺は、止まることなくもう一人の敵に向かって迫り、突きを仕掛けた。

それを難なく避け、相手は俺に真っ向から正面斬りを浴びせようとした。

俺は、杖《じょう》を頭上に構えて防ぐ。

その一方で、雅《みやび》がこの敵に対して距離を詰め、胴を横一文字に斬り払った。

「お……のれ……」

敵はそれ以上の言葉を発することはできず、崩れ落ちた。

「麗《れい》……いや、雅《みやび》さん……ありがとう……」

「何故《なにゆえ》斯様《かよう》な無茶をなさるのです！」

俺の礼を無視して、雅《みやび》は本気で怒っている。

「なぜって、それは君が三好麗《みよしれい》だから……君はいつでも俺を、命がけで助けてくれたんだ」

「何度言えば気が済むのです！　私は三好麗《みよしれい》など知りませぬ！」

「君にその記憶がなくても、君は三好麗《みよしれい》以外の何者でもないんだよ！　だから、俺は君を守らなくちゃいけないんだ！　失われた記憶だって、思い出させてみせる！　きっと、俺が！」

一生懸命な俺の勢いにのまれ、雅《みやび》は言葉を詰まらせた。

これまで、いくつもの修羅場で似たようなシチュエーションを経験してきた。

雅《みやび》は、麗《れい》は、思い出してくれないのか？

雅《みやび》の口元が微《かす》かに動いた。

記憶の糸をたぐろうとしているように見える。

「ううっ……」

後ろから聞こえた信輔《のぶすけ》のうめき声が、雅《みやび》をハッと我に返した。

「信輔《のぶすけ》様！」

雅《みやび》は大急ぎで信輔《のぶすけ》の元に駆け寄る。

やりきれない思いが、胸をかきむしる。

そんな感傷に浸ってる場合じゃない！　有貴姫《ゆきひめ》と沙希《さき》はまだ戦っている。

俺は、一番近くにいる沙希《さき》の敵に突っ込む。

取火方《とりびかた》の方にチラッと目を遣ると、敵が減ったため支え役をりよと雀憐《じゃくれん》に任せた風葉《かざは》が、有貴姫《ゆきひめ》の敵に猛然と斬り掛かっていた。

俺の繰り出す杖《じょう》を刀で受けた敵の胸を、沙希《さき》のやがらもがらが貫《つらぬ》いた。

ほとんど同じ瞬間に、有貴姫《ゆきひめ》の薙刀《なぎなた》と風葉《かざは》の忍び刀で前後から斬り付けられた最後の黒装束が倒れた。

相当激しい打ち合いを続けたせいで、有貴姫《ゆきひめ》と沙希《さき》は腰を屈《かが》めてぜいぜい言っている。

やっとのことで、六人の敵を全員倒した。

そして、残るは……〝鬼火猩々《おにびしょうじょう》〟ただ一人！

戦っているうちに、俺たちは室町小路《むろまちこうじ》と三条大路《さんじょうおおじ》の交差点まで出てきていた。

一〇メートルほど前方には、青白く光る奴が、じっとこちらを見ている。

最後の一戦に臨むべく、俺と風葉《かざは》は自然と横に並んで立ち、〝鬼火猩々《おにびしょうじょう》〟に向き合った。

それを見て、有貴姫《ゆきひめ》と沙希《さき》も背を伸ばし、俺たちと並んで仁王立ちになる。

「ケケケケ……余に逆らうとは……天を恐れぬ不届き者め……いずれ必ず……天誅《てんちゅう》が下

るであろう……」

「何じゃと？　よもや逃げる気ではあるまいな？」

「卑怯者！　あたしたちと尋常に戦え！」

有貴姫《ゆきひめ》も沙希《さき》も、魔物に対する恐怖心はすっかり消えてなくなっている。

〝かまいたち〟の正体が人だったとわかり、〝鬼火猩々《おにびしょうじょう》〟もどうやら人知を超えた存在じゃないらしいとわかってきたようだ。

「ケケケ……いずれまたまみえよう……その折こそ……お前たちの命をもらう……ケケケケ………」

そう言うと、〝鬼火猩々《おにびしょうじょう》〟は両手を大きく広げ、体をひねった。

するとまたもや、青白く光る体が一瞬で消えてなくなった。

「りよさん、その竹筒をすぐこっちに持ってきて！　早く！」

俺が後ろを向いて叫ぶと、りよは「うん！」と取火方《とりびかた》を抱えて立ち上がり、こっちに走ってきた。

俺も一緒に筒を持ち、上を向いている先端部を真ん前、たった今まで〝鬼火猩々《おにびしょうじょう》〟が立っていた場所に向けた。

勢いよく噴射する火花が、黒っぽい人影を照らし出した。

「風葉《かざは》さん、あいつに手裏剣を！」

「はい！」

と答えるなり、風葉《かざは》は懐《ふところ》に忍ばせていた棒手裏剣を取り出し、機敏な動作で投げつけた。

「うぐっ！」

押し殺した悲鳴が聞こえ、黒い影の肩口に棒手裏剣が突き刺さった。

「捕まえるぞ！」

俺に続いて、風葉《かざは》、有貴姫《ゆきひめ》、沙希《さき》が駆け向かった。

黒い影が立っていた場所まで来ると、もうどこにもいなく、コートのような黒っぽい毛皮と、血の付いた棒手裏剣が一本落ちていた。

追いついてきたりよが、取火方《とりびかた》の火花をさらに遠くへ向けたけれど、やはり姿は見当たらなかった。

「何と逃げ足の速い奴じゃ！」

「風葉《かざは》殿の棒手裏剣は、確かに当たっていたのにな〜」

「肝心要《かんじんかなめ》の親玉を取り逃がすとは……急所に当てられなんだ、われの不手際にございます……われはやはり、忍び失格……高杉《たかすぎ》様の足手まといになるばかりにて……」

またいつもの極端にネガティブな癖で、自害しようと忍び刀の柄《つか》に手を掛ける風葉《かざは》を、俺は慌《あわ》てて押し止める。

「ちょっと、待ってよ！　風葉《かざは》さんがいなけりゃ、取火方《とりびかた》で魔物の化けの皮ははがせなかったんだよ！　それに、一番危険な実行部隊はこうやって倒せたじゃないか！　俺たちの誰か一人でも欠けてたら、今頃どうなっていたか」

「はあ……ん？　実行部隊……でございますか？　この〝かまいたち〟を装っていた者どもが実行部隊？　ならば、〝鬼火猩々《おにびしょうじょう》〟は何なのです？」

「実行部隊」という言葉が気になったようで、風葉《かざは》は柄《つか》から手を離し、慎《つつ》ましくも好奇の目で俺を見る。

こうやって、説得すればすぐに自害を思い止まってくれるのは、ありがたいところだ。ちょくちょく飛び出すエキセントリックな行動と合わせて、どっちも風葉《かざは》の案外純朴な性格の賜物《たまもの》なのかもしれない。


「〝鬼火猩々《おにびしょうじょう》〟は、言ってみれば、脅かし役さ。実際に、人を襲う役目を担ってたのが〝かまいたち〟の連中なんだ」

「脅かし役て、なんで〝鬼火猩々《おにびしょうじょう》〟は戦われへんのんや？」

いつの間《ま》にか、雀憐《じゃくれん》も輪に加わっている。

「ここに落ちてる毛皮みたいな衣裳を調べれば、わかるさ」

「この衣裳のう……」

有貴姫《ゆきひめ》が地面のそれを手に取ろうとしゃがむなり、「おえっ！」とのけ反《ぞ》った。

「どうしたんだ姫様？　この毛皮みたいなのが、どうかしたのか？」

今度は沙希《さき》が身を低くして手を伸ばした途端、跳びあがった。

「臭い〜〜〜〜！　何だ、この臭いは？」

二人のあまりのリアクションに驚いて、雀憐《じゃくれん》が風葉《かざは》の足に抱き付く。

確かに、ここに立っているだけで、生臭い嫌な臭いがぷーんと漂ってきている。

りよが、背中に掛けた矢筒から一本の矢を取り出し、片手で鼻をつまみながら毛皮の端をめくると、青白く光る部分が見えた。やっぱり、蛍光塗料みたいだけれど……。

俺は、その光る部分を指で触った。

指の腹にどろりとした液体が付き、細かな微粒子が青白く光っている。

現代で市販してる蛍光塗料じゃない。じゃあ、これは一体何なんだ？

俺は息を止めてこの毛皮を持ち上げ、裏返しにした。丈は、一・六メートルくらいあるから、俺の身長よりは少し短い。

この着物はリバーシブルのフード付きコートのようになっていて、表側は黒く染められており、裏側は全面が青白い光を放っている。

フードの部分は、何かの獣の顔のようだ。

かなり恐ろしい顔つきで、近くで見てもクマやゴリラじゃないのがわかる。

「オオカミ?……ない…見たこと……こんな大きいの」

「そうか、これはニホンオオカミの毛皮なんだね? それも、とてつもなく大物の」

俺はある意味感動して、教えてくれたりよに興奮気味に言った。

だって、現代の日本ではとっくにいなくなった絶滅種じゃないか。ごくたまに、目撃情報とかが報告されてたけど、いまだに確認はされていない。

「ニホン……オオカミ?……」

「ああ……あの……日《ひ》の本《もと》のオオカミって意味でね。そんなことより、これが、〝鬼火《おにび》猩々《しょうじょう》〟のからくりさ。現れる時はこの光る側を着て、消える時には裏返しにすれば、そして着ている人間も黒装束になっていれば、闇の中で消えたように見えるって仕掛けだね。

月が出ていない今夜みたいな条件なら、効果はよりてきめんだ。

そうは言っても、あんまり近くで見られると、毛皮をまとってるのがバレてしまう。こんなのを着込んでたら、戦うのも不自由だし。で、相手と一定の距離を保って、怖がらせるだけの役目を担当してたんだ。

〝かまいたち〟も、黒装束の人間が同じ要領で魔法のように見せかけてたんだけど、こっちは黒い鞘《さや》から刀を出し入れするだけで済むから、動きやすい。近付いた相手は必ず殺すようにして、遠目に見て逃げた人間はそのまま生かした。

目撃者はこいつらを魔物だと信じ、そう証言し、あっと言う間《ま》に恐ろしい噂が洛中《らくちゅう》に広まってしまったんだ」

俺の説明に、女の子たちは「ふ〜む」と思わず唸《うな》った。

「されど、高杉《たかすぎ》殿はよく魔物の正体がわかったものじゃのう。それ故《ゆえ》、風葉《かざは》にこの竹筒を持ってくるよう頼んだのであろう？」

「有貴姫《ゆきひめ》様が、その手掛かりをくれたんじゃないか」

「えっ？　わらわが？　いつ？」

「白龍《はくりゅう》神社へ向かう途中、瀬戸内で遭遇した〝幽霊船〟の話をみんなでしてたじゃない。あの正体も、人の仕業《しわざ》だったんだって、言ったのは有貴姫《ゆきひめ》様でしょ。

必ず夜に現れるっていう共通点が引っ掛かって、闇をうまく利用した偽装の方法を思い起こしてるうち、海だけじゃなく、陸でも可能なんじゃないかって、ね。

ただ、この蛍光塗料だけは、どうやって作ったのか、まだわからないんだけど……」

「ふふん、そうであろう、そうであろう！　どうじゃ、沙希《さき》、りよ。高杉殿《たかすぎ》に一番役に立っておるわらわこそが、筆頭家臣なのじゃと、これで認めたか？」

「認める訳ないだろ。そもそも、平安の御代《みよ》に現れた妖怪が人の仕業《しわざ》かもしれないって話を引き出したのは、あたしだぞ！　あたしが高杉氏《たかすぎ》としてた話の流れに、姫様はたまたま乗っかっただけじゃないか」

「たまたま……姫様……」

「何を言うか！　わらわが〝幽霊船〟の事案に思いが至ったことに大きな意味があるのであろうが！」

いつもの口争いが始まって、ふと横を見ると、すぐ側に信輔《のぶすけ》と雅《みやび》が立っているのに気付いた。

〝鬼火猩々《おにびしょうじょう》〟のトリックに関する説明を、ずっと聞いていたようだ。

信輔《のぶすけ》は、左足の太ももに雅《みやび》の衣服を切り裂いて作った包帯を巻き、彼女の肩を貸りてようやく立っていた。

「高杉《たかすぎ》、先ほどから聞いておったが、お主の推断、見事であったぞ」

信輔《のぶすけ》は時折痛みに顔を歪《ゆが》めながらも、俺に対して感心することしきりだ。

「信輔《のぶすけ》様、おケガの具合はどうなんですか？」

「うむ、浅くはないが、心配するほどでもなかろう。雅《みやび》がこうして、うまく手当してくれたからな」

信輔《のぶすけ》が雅《みやび》に顔を向けて微笑むと、彼女も同様に優しい微笑みを返した。

すると、信輔《のぶすけ》が借りている雅《みやび》の肩を、ぐっと自分の方に強く寄せる。

雅《みやび》はそれに逆らいもしない。

何じゃこりゃ！　公園でいちゃいちゃ他人に見せつけてる、うっとうしいカップルそのものじゃないか！

うぐ〜〜〜っ！　こんな光景、見たくない！

「高杉《たかすぎ》殿」

俺の肩に手を掛けたのは、有貴姫《ゆきひめ》だった。

「現実に目を背《そむ》けてはならぬのう。麗《れい》のことは、もうすっぱりと諦めて、わらわとの祝言をいつにするのかを考える方が、余程前向きじゃと思うが」

「し、祝言って！　有貴姫《ゆきひめ》様！」

あたふたする俺の腕を、今度は沙希《さき》がぐいと引っ張る。

「する訳ないだろ、高杉《たかすぎ》氏が！　麗《れい》殿のことは置いといて、姫様は早く上州《じょうしゅう》の山ん中に帰って、本当のお相手と祝言をあげなくちゃいけないんじゃないのか！」

「沙希《さき》の方こそ、瀬戸内の村上武吉《たけよし》様の元に帰った方がよかろう！　先方では、お前を実の娘のように可愛がり、養女にして然《しか》るべき相手に嫁がせようとも考えておられたのではないか。早う帰ってやらぬか」

「余計なお世話だ！　それにあたしは、これからずっと高杉《たかすぎ》氏をお守りしつつ行動を共にすると武吉《たけよし》様に宣言し、お許しも頂戴している！」

俺を挟んで有貴姫《ゆきひめ》と沙希《さき》がにらみ合ってる横で、今度はりよが抱き付いてきた。

「姫様と沙希《さき》様……いても……いなくても……ずっと一緒……おらは……」

「こりゃ、りよ！　一人、物分かりの良い子を売り込みおって！」

「りよ殿！　ちゃっかり高杉《たかすぎ》氏にくっついて！　離れるんだ！」

「やだ！………売り込んでない！……」

三人のもみ合いを見て、風葉《かざは》がやれやれといった風に苦笑する。

「何や、またおなご同士の醜い争いが始まってしもうたなぁ〜。そやけど、ほんまに、この一郎太《いちろうた》のどこがそんなにええんやろ〜。どこにでもいそうな、平々凡々なおのこやで〜」

大人びた口調で腕組みした雀憐《じゃくれん》が、チラッと俺を見る。

「ほっとけ。ガキンチョ」

あんまり腹が立つから口にした「ガキンチョ」という言葉に、雀憐《じゃくれん》はカチンと来た。

「ガキンチョて言うたな！　一郎太《いちろうた》よりずーっと美男子で、朝廷《ちょうてい》の偉い人で、おっきいお屋敷に住んでて、剣の心得《こころえ》もあるおのこを選んどる雅《みやび》の方が、よっぽどまともやないか！」

雅《みやび》が信輔《のぶすけ》様を選んだ？　過去形？　過去完了形？

どっちにしろ、心にグサッと来て、俺は知らず知らずのうち、視線を雅《みやび》に向けていた。

すると彼女は、有貴姫《ゆきひめ》、沙希《さき》、りよの口げんかを食い入るように、じーっと見つめていた。

面白がって見ているんじゃなく、真剣な眼差《まなざ》しで見ている。

隣の信輔《のぶすけ》もそれに気付き、困惑したようだった。

彼は、雅《みやび》の肩を揺すって自分に振り向かせてから、ゆっくり俺に近付いてきた。

「高杉《たかすぎ》、〝鬼火猩々《おにびしょうじょう》〟のからくりはわかった。で、これからどうする？」

そうだ、まだ確認しないといけないことがある。

予備の取火方《とりびかた》の火花もすっかり消えてしまったので、俺は屋形の中に入れておいた真竹の松明《たいまつ》を取り出し、風葉《かざは》が常備している携帯用の火種で火を灯した。

俺は一番近くに倒れている黒装束の横にしゃがみ、顔の覆面をはいだ。壮年の男だ。

「信輔《のぶすけ》様、この男に見覚えは？」

信輔《のぶすけ》は、雅《みやび》に支えられながら、遺体に顔を近付ける。

「こやつは……」

「知ってる人ですか？」

「言葉を交わしたことはない。されど、わしの屋敷に出入りしている浪人の一人にそっくりじゃ」

倒れている六人の顔を見終えた信輔《のぶすけ》は、その全員が盛永《もりなが》の口利きで近衛《このえ》邸に出入りしている浪人であると認めた。

有貴姫《ゆきひめ》たちもとっくに口論を止め、俺と信輔《のぶすけ》を囲んで耳を傾けている。

「これは……どういうことなのだ……」

「信輔《のぶすけ》様、これではっきりしました。盛永《もりなが》と〝鬼火猩々《おにびしょうじょう》〟は、裏でつながっていたんです」

「！！！」

「盛永《もりなが》は、信輔《のぶすけ》様に関白殿下《かんぱくでんか》との決別を勧めたんでしょ？　信輔《のぶすけ》様にとって、殿下《でんか》は不倶戴天《ふぐたいてん》の敵。だから、その家臣である俺たちも生かしておいてはいけない、と」

「何故《なにゆえ》、それを？」

「えっ、それは、俺たちは忍《しの》び目付《めつけ》なんですから……。そんなことより話を戻すと、都を騒がす〝鬼火猩々《おにびしょうじょう》〟は天の意志として、殿下《でんか》の悪政を正すために現れた存在なのだと、左大臣《さだいじん》であるあなたに信じ込ませ、さらには味方に付けることによって、盛永《もりなが》は都でこれから起こす反乱を有利に運ぼうとしたんです」

「反乱じゃと？　では、そこに転がっておる六人以外にもわしの屋敷に出入りしていた浪人たちが？　盛永《もりなが》は、そのために、わしに近付いたと……」

「盛永《もりなが》の本当の名前は、斎藤九郎右衛門《さいとうくろうえもん》。信輔《のぶすけ》様が敬愛する織田信長《おだのぶなが》公を本能寺《ほんのうじ》で討った、明智光秀《あけちみつひで》の旧臣《きゅうしん》とわかりました。浪人たちの多くも、かつて明智《あけち》軍に属していた者なのでしょう」

「光秀《みつひで》の旧臣《きゅうしん》？　わしはこともあろうに、恩人であり、尊敬する信長《のぶなが》公の仇《かたき》を近衛《このえ》家の家臣に……わしの屋敷がそのような輩《やから》に利用されていようとは……」

あまりの悔しさと怒りに、信輔《のぶすけ》は眉をしかめ、歯がみした。

「奴らの本拠地になっているのは、洛外《らくがい》の内野《うちの》です。かつての内裏《だいり》の廃墟《はいきょ》跡に、大勢の浪人たちが集結しつつあります。

信輔《のぶすけ》様の屋敷は、洛中《らくちゅう》における情報収集拠点、そして武器の隠し場所、さらには洛中《らくちゅう》を混乱させ、警備にあたる所司代《しょしだい》の兵士を疲労困憊《こんぱい》させる目的を負った〝鬼火猩々《おにびしょうじょう》〟の根城に使われたんでしょう」

「では、〝鬼火猩々《おにびしょうじょう》〟が盛永《もりなが》なのか？」

「それは違うかと……これを見てください」

俺は松明《たいまつ》を風葉《かざは》に預け、〝鬼火猩々《おにびしょうじょう》〟に扮装《ふんそう》するために使われた毛皮をもう一度両手に持って広げた。

また例の異臭がぷぅ～んと周囲に広がり、みんなが一斉に苦しげな顔をした。

「かなり大きいオオカミの毛皮のようですが、たとえば俺なんかがこれを羽織ったら、足がスネの辺りまで見えちゃいます。それって、ちょっと不格好ですよね。盛永《もりなが》の背丈は、俺とそれほど変わりません」

「では、盛永《もりなが》よりも少し背の低い浪人だな。そのくらいの背の者はざらにおるし、屋敷に何人も出入りしていたように思うが……面容《めんよう》までは思い出せぬ」

「ですけど、奴らももう観念しなくちゃならないでしょう。京都所司代《しょしだい》が、兵力の大半を投じて、今夜のうちに内野《うちの》の本拠地を急襲する手はずになっていますから」

「そうであったか……昨夜、お主らが、そして所司代《しょしだい》の者らが屋敷を引き上げた後、わしは盛永《もりなが》と二人きりになって長いこと議論した。

忍《しの》び目付《めつけ》のお主なら、とっくに存じておることなのかもしれぬが、盛永《もりなが》はどこから左様《さよう》な沙汰《さた》を仕入れてきたのか、殿下《でんか》と菊亭《きくてい》殿とが密かに策謀《さくぼう》し、〝源平藤橘《げんぺいとうきつ》〟以外の新たな姓を創始して、殿下《でんか》の息のかかった跡継ぎに関白《かんぱく》職を代々継承させようとする動きがあると言いおった。少なからず、驚いた。

されどな、それがウソであれ、まことであれ、わしがやるべきことは、殿下《でんか》に反旗《はんき》を翻《ひるがえ》すことではない。

朝廷《ちょうてい》が力を取り戻し、再び親政（天皇自身が行う政治）が実施される日が来るよう、公卿《くぎょう》たる者も文武共に実力を備えること。それしかないのだ。

そのために、わしは自らの手で〝鬼火猩々《おにびしょうじょう》〟を倒さねばならぬ。そう、盛永《もりなが》に言い切った。奴はもうわしに何も異議を唱えず、夜が明けてから屋敷を出て行った……」

「それで、今晩も〝鬼火猩々《おにびしょうじょう》〟を討とうと、雅《みやび》さんを連れて……」

「もはや、わしの気持ちを真にわかり、付いてきてくれるのは、雅《みやび》しかおらぬ」

信輔《のぶすけ》が雅《みやび》に顔を向け、目を細めると、彼女も同じく口元を緩《ゆる》めうなずいた。

あぁ……もうこの二人の間に入り込む余地は、俺には全くないんだろうか。

暗たんたる気持ちが広がっていく中、遠くから異様な物音が聞こえてきた。

パカッパカッパカッパカッ……ザッザッザッザッ……。

俺たちがやってきた室町小路《むろまちこうじ》の北の方角から、真っ直ぐこっちに。

やがてそれは、騎馬と足軽《あしがる》の一隊が小走りしてたてる足音だとわかった。

先頭に、松明《たいまつ》を持った二人の足軽《あしがる》がいて、その後を騎馬隊、そして足軽《あしがる》隊が続いてくる。

俺たちを視認した先頭の足軽《あしがる》が「前に人が！」と叫んだため、一隊は停止した。

「何者か！」

松明《たいまつ》を持つ足軽《あしがる》のすぐ後ろにいる騎馬の武者が、荒々しく尋ねた。

「関白殿下《かんぱくでんか》の忍《しの》び目付《めつけ》、高杉一郎太《たかすぎいちろうた》です！」

俺は、風葉《かざは》から渡された松明《たいまつ》で自分の顔を照らし、大声で返事した。

すると、何頭かの後ろにいた騎馬武者が、ゆっくりと前に出てきた。

「高杉《たかすぎ》様、このような場所においでとしたか！　源之丞《げんのじょう》です！」

「福住《ふくずみ》さん、この部隊は、いよいよ？」

「左様《さよう》。出陣の支度が整いましたゆえ、全軍これより内野《うちの》に参ります」

馬から下りた甲冑《かっちゅう》姿の源之丞《げんのじょう》が、戦さを前に少し興奮しているのか、覇気に満ちた声で答えた。

「でも、方向が全然違うんですけど」

内野《うちの》は二条第《にじょうだい》の西北方向にあるはずなのに、源之丞《げんのじょう》たちは南に進んでいる。

「いいえ、我らは二五〇の兵力でこれより三条大路《さんじょうおおじ》を西に取り、大きく迂回して内野《うちの》の西側に布陣する予定。

前田《まえだ》様は本体四〇〇を率い、二条第《にじょうだい》からは最も近い内野《うちの》の南側へ。さらに、我らと同じもう一つの別働隊二五〇が、室町小路《むろまちこうじ》を北へ行き、一条大路《おおじ》を西に曲がって内野《うちの》の北東角に。全隊の布陣が完了次第、三方より一斉に攻め掛かる手はずにて」

「北からは攻めないんですか？」

「敵の隠れ家の北側は、がれきの障害物が非常に多く、大人数で、しかも夜に突入するのは適しませぬ」

「なるほど。その経路になると、福住《ふくずみ》さんの隊が一番距離があって、時間がかかりますね」

「おっしゃるとおり。それゆえ、他の二隊はまだ二条第《にじょうだい》の中なのですが、我らは先んじて出陣した次第。それで、高杉《たかすぎ》様、そのお姿はまたいかなる仕儀《しぎ》で？　〝鬼火猩々《おにびしょうじょう》〟はいかが相成ったのですか？　地面に倒れている者たちは？」

地面には黒装束のいかにも怪しい人間が複数倒れ、俺や女の子たちはいつもと違う真っ白の水干《すいかん》を着てるんだから、源之丞《げんのじょう》の疑問はもっともだ。

「〝鬼火猩々《おにびしょうじょう》〟は、〝かまいたち〟共々、信輔《のぶすけ》様と一緒に正体を暴《あば》き、〝かまいたち〟の方はご覧のとおり退治したのですが、〝鬼火猩々《おにびしょうじょう》〟は逃がしてしまって……」

「ここに倒れておる者共が〝かまいたち〟なのでござるか！　しかも、左府《さふ》様もご一緒とは！」

源之丞《げんのじょう》は、傍《かたわ》らに信輔《のぶすけ》が立っているのを知って驚き、深々と礼をした。

「これから盛永《もりなが》たちを討つというのなら、俺たちも連れて行ってもらえませんか？　詳細は追い追いお話しします」

「無論でござる。是非ともご同道くだされ」

源之丞《げんのじょう》の快諾《かいだく》を得て、俺は信輔《のぶすけ》を振り返った。

「信輔《のぶすけ》様は、そのケガでは……」

「いいや、どうあっても、わしは行かねばならぬ。近衛《このえ》家とわしの屋敷が賊に利用されたのを見過ごしたまま、おめおめと引き下がれようか！　賊の最期を、必ずこの目で見届ける。たとえ、這ってでも、わしは付いていくぞ！」

信輔《のぶすけ》の決心は、揺るぎそうにない。

「わかりました。行きましょう……でも、その足で戦うのは無理です。俺たちと一緒に、現場で戦いを見守ると、約束してください」

「……致し方あるまい」

信輔《のぶすけ》は、渋々それを承知した。

敵に勝る兵力で奇襲された盛永《もりなが》たちの反乱部隊は、たちまち鎮圧されると思っていた。

だから、俺たちは後方で戦闘の成り行きを見守るだけのつもりだった。

まさかその後の戦闘が、あんなとんでもない展開になるとは想像もつかなかった――。

五章　内野の戦い

五章　内野の戦い

源之丞《げんのじょう》の部隊に合流するため、俺、有貴姫《ゆきひめ》、沙希《さき》、風葉《かざは》の四人は、屋形の中に入れておいたそれぞれの元の衣裳に急いで着替えた。

俺は、小袖《こそで》と袴《はかま》の上に、胴丸《どうまる》と草摺《くさずり》。有貴姫《ゆきひめ》は、派手な小袖《こそで》と袴《はかま》の上に軽めの女具足。沙希《さき》は、鎧下着と袴《はかま》の上に水軍用の胴丸《どうまる》と草摺《くさずり》。風葉《かざは》は、茶色の忍び装束。

有貴姫《ゆきひめ》と沙希《さき》が屋形の中を使ったから、俺は外で着替えるしかない。

風葉《かざは》の場合は、俺たちが着替えようとする前に、いつのまにか忍び装束をきちんとまとっていた。

どこでどんな風に着替えたのか……毎度のことながら不思議だ。

足を負傷してる信輔《のぶすけ》のために、源之丞《げんのじょう》が自分の馬を提供し、俺たちと一緒に徒歩で行軍した。

敵に気付かれず奇襲を成功させるために、夜間は目立たないよう灯火の数を最小限に抑えなければならない。

それで、先頭の二名の足軽《あしがる》だけに松明《たいまつ》を持たせ、他の兵士はその灯りだけを頼りに夜道を進んだ。

三条大路《さんじょうおおじ》を西進し、南北に走る西洞院大路《にしのとういんおおじ》まで来ると、そこが下京《しもぎょう》エリアの西の外郭ラインだ。

堀を越えて左の方角、つまり南には荒地の中に焼け落ちて見る影もなくなった本能寺《ほんのうじ》の跡があるはずなんだけど、真っ暗で何も見えない。

さらに西へ進み、小川くらいの大きさの堀川の橋を渡って、千本通りを二キロほど北上すると、源之丞《げんのじょう》隊の布陣予定場所に到着した。

小さな林の中を本営として、俺たちは床几《しょうぎ》を充てがわれ、ひと息ついた。

信輔《のぶすけ》は、傷が結構痛むのか、努めて平静を装ってはいても、額《ひたい》にはじっとりと脂汗がにじんでいる。

隊の中に僧体の医者が従軍していて、信輔《のぶすけ》の傷を診察した。

「傷は骨にまでは達しておらぬが、相当に深い。安静にしておらねばなりませぬ。動けば血が止まらぬようになり、命にも関わりますぞ」

「ここまで来て、ただ見ているだけとは……」

医者の見立てが、信輔《のぶすけ》には気に入らないようだ。

「信輔《のぶすけ》様、お医者さんの言うことは必ず守ってくださいよ。後のことは、俺たちに任せて。

雅《みやび》さん、信輔《のぶすけ》様をお願いします」

「お任せを」

俺に向かってうなずいた雅《みやび》は、医者に膏薬《こうやく》を塗られ、新しい布を巻かれた信輔《のぶすけ》の左太ももに優しく手を置いた。

「高杉《たかすぎ》様、攻めかかる段取りをご説明いたします」

源之丞《げんのじょう》は細い木の枝を手に取り、地面に簡単な地図を描いた。

「風葉《かざは》殿が知らせてくださった場所には、こちらからもすぐに内偵を出し、旧内裏《だいり》の常寧《じょうねい》殿《でん》があった所が隠れ家らしいと特定いたしました」

「常寧殿《じょうねいでん》ですか？」

「旧内裏《だいり》の北側に配置されていた後宮《こうきゅう》、つまり皇后が住んでおられた建物ですな。その七殿五舎の中でも、中央に位置し、中心的な殿舎《でんしゃ》とされていたのが常寧殿《じょうねいでん》。旧内裏《だいり》にあった建物の大半は焼け崩れておりますが、この常寧殿《じょうねいでん》だけは柱の一部が形を留めており、賊どもはこれに手を加えて人が住め、糧秣《りょうまつ》（兵士と馬の食料）や得物《えもの》を蓄える場所にしているようでござる」

「それで、どのようにして攻めるんです？」

「子《ね》の刻《こく》（午前零時）を期して、本隊より火矢を射かけ、炎に包まれていぶし出されてくる賊どもを一斉に押し包み、殲滅《せんめつ》。これで、一網打尽となりましょう」

「そうですか……うまくいけばいいんですけど……」

相手は、旧明智《あけち》軍の中でも名前を知られた武将だ。〝かまいたち〟役の連中もかなりの剣の遣い手だった。

俺を除いては一騎当千の顔ぶれが揃ってる味方が、あんなに手こずったんだから。何とは無しに、一抹《いちまつ》の不安を感じる。

「ご心配なさいますな。ずっと張り付いておった内偵からの沙汰《さた》によると、集まってきておるのは、予想どおり三〇〇程度。我が方は、その三倍ですからな。

妙心寺《みょうしんじ》と天龍寺《てんりゅうじ》におる光秀《みつひで》様の子らですが、玄琳《げんりん》と不立《ふりゅう》いずれも密かに寺を抜け出そうとしたため、手の者がこれを捕らえております。調べに対し、やはり斎藤九郎右衛門《さいとうくろうえもん》に誘われ、内野《うちの》へ出向くつもりだったと。総大将がおらねば、士気も高まらんでしょう。

高杉《たかすぎ》様も、この場で腰を落ち着けてご見聞《けんぶん》なさいませ。拙者《せっしゃ》もこれが久しぶりに三度目の戦さ場ではありますが、まず楽勝でござろう」

そう言って、源之丞《げんのじょう》はカラカラと笑った。

彼は上司の前田玄以《まえだげんい》と同じく優れた文官なんだろうけど、どうも優れた武官とは言えなさそうだ。それだけに、取り越し苦労とは思いながら、つい心配してしまう。

俺たちが所定の場所についてから、約三〇分。源之丞《げんのじょう》の説明を聞き終わった直後、配下の兵士たちに戦闘準備の命令が下された。

そう言えば、風葉《かざは》がいつの間《ま》にかどこかに消えてしまっている。彼女のことだ、きっと何か意味があってのことなんだろう。

源之丞《げんのじょう》隊は、松明《たいまつ》を消し、ゆっくりと東へ前進を始める。

真っ暗だから、前進は容易じゃない。

内野《うちの》の中は、あちこちに焼けて崩壊した建物の残骸《ざんがい》が障害物のように盛り上がり、出っ張り、行く手を遮《さえぎ》っている。

後宮《こうきゅう》の西側に配置されていた弘徽殿《こきでん》跡らしき場所までたどり着くのに、随分かかった。

弘徽殿《こきでん》跡から約二〇メートル先に、内野《うちの》の中で、唯一まともな建築物がある。敵の本拠地と目される常寧殿《じょうねいでん》跡だ。

建物の隙間と思われるあちこちから、内部の明かりが漏れている。中には、確かに人がいそうだ。

「そろそろ始まると思うのですが……」

源之丞《げんのじょう》が、常寧殿《じょうねいでん》跡の南側にあたる承香殿《じょうきょうでん》跡を遠望した。

前田玄以《まえだげんい》の本隊も、そのあたりまで進出してきているはずだった。もちろん、いくら目を凝らしても、何も見えない。

しかし一呼吸置いて、その同じ方向、五〇メートルほど先で、いくつもの小さな火がぽつぽつと点滅するのが見えた。

ピシュ、ピシュ、ピシュ――――――――――――!!!

まるで火の玉が一斉に地上から飛び出したように、数十本の火矢が大きな放物線を描いて同じ方向へと飛んだ。

常寧殿《じょうねいでん》跡の宙空に、その大半の火矢が突き刺さった。

闇の中に、建物のシルエットがうっすらと浮かび上がる。

殿舎《でんしゃ》と呼べるような、大きく美しいデザインの建築物ではない。

東西の横幅三〇メートルくらいの平屋建てに、平らな板屋根が乗っかっているみたいだ。

火矢は、その屋根に突き立っている。

ピシュ、ピシュ、ピシュ、ピシュ――――――――――――！！

ほんの少しの間をおいて、二斉射目が放たれた。

今度は、屋根だけでなく、その下の壁面にも何本かが命中する。

三斉射目は、その多くが壁面に吸い込まれた。

これほど多くの火矢を撃ち込まれれば、この時代の木造建築物ならたちまち炎に包まれる……はずだった。

でも、火矢の炎はいつまで経っても、燃え広がる気配を見せない。

闇の一定空間の中に、数多くの炎が点在したままだ。

これでは、中の敵をいぶし出すなんて、できない。

「これは、如何《いか》なる次第……内偵からの話では、燃え残っていた柱や床を基軸に、板の壁と屋根を張り付けたあばら屋同然の住処《すみか》と聞き及んでおったが……」

源之丞《げんのじょう》が、信じられないといった風にこの光景を凝視した。

これ……もしかして……。

「福住《ふくずみ》さん、敵は屋根や壁の板を、〝木慢《もくまん》〟に取り付ける大楯みたいにしてるんじゃ？」

「木慢《もくまん》……城攻めに使うあの？」

そうとしか考えられない。

木幔《もくまん》は、鉄棒みたいな形の木製フレームを乗せた四輪の台に、大楯を吊した攻城戦用の移動式防御壁だ。

鉄砲などの強力な武器に対する防具なら、この時代は竹を束ねて縄で縛った竹束が大いに利用された。

平安時代や鎌倉時代に使用された木製の楯では、鉄砲の弾丸を防げない。

でも、竹は頑丈だ。束にすれば、火縄銃程度の弾丸は貫通することができなかった。

しかも、材料に使う竹は、国内のどこでも比較的簡単に調達できたから、多くの戦国大名が城攻めに使った。

しかし、最大の欠点は、火に弱いこと。

俺が上州《じょうしゅう》の九尾山城《くおやまじょう》にタイムスリップして籠城戦に加わった時も、敵の北条《ほうじょう》軍は竹束を前面に出して攻め寄せてきた。それを、火矢や焙烙玉《ほうろくだま》で撃退したんだっけ。

それで木幔《もくまん》の話に戻ると、この大楯は、木製の楯の裏に牛革が張り付けられており、火矢を射られても燃えないのが大きな特徴だった。

つまり敵は、屋根や壁に使っている板の裏に、ウシか何かの革を張って、防火対策を施してるんじゃないかってことだ。

板製の楯に鉄板を張り付けた鉄楯なら、弾丸も火矢も簡単に跳ね返してしまうんだけれど、実戦に登場するのは戦国時代も末期に入ってからで、コストがかかるうえ、重くて機動力に劣るからそれほど普及はしなかった。

敵は、都の中で騒ぎを起こそうとしてるはず。大した防御力のない内野《うちの》に立て籠《こ》もって戦おうなんて、考えてないだろう。

でも、万一隠れ家を突き止められ、攻められた時の用心に守りを固めるためだけなら、大きな板で周りを囲ったり、屋根に乗せたりするのが手っ取り早い。その板の裏が、革張りになってたとしてもおかしくはない。

大量の火矢が撃ち込まれているというのに、隠れ家は静まりかえり、人の動きが感じられない。中に奴らはいるはずなのに……。

部隊の兵士に、動揺が走る。

そのうち、本隊から前田玄以《まえだげんい》の伝令が、源之丞《げんのじょう》を探し求めて、俺たちがいる分営に転がり込んできた。

「前田《まえだ》様からのご指示にございます！　敵をいぶし出す策は困難ゆえ、本隊の鉄砲組による射撃を合図に、三隊同時に攻めかかるべし、と！」

「左様《さよう》か……相わかり申したと、前田《まえだ》様にお伝えせよ！」

「ははっ！」

源之丞《げんのじょう》の返事を受けて、伝令が本隊へとって返す。

「では、福住《ふくずみ》様、我らもしかるべく」

側にいた三人の武将が、源之丞《げんのじょう》に一礼し、待機している兵士たちの前に出て行く。

源之丞《げんのじょう》はこの左翼別働隊の責任者として部隊の最後尾に構え、実際の戦闘指揮は彼ら三人が先頭に立って行うようだ。

「敵の様子もわからないのに、突き入れるのか？」

「何やら良からぬことが起こりそうな気がするのう」

横で聞いていた沙希《さき》と有貴姫《ゆきひめ》のつぶやきには、俺も同感だ。

「福住《ふくずみ》さん、この別働隊に鉄砲はありませんよね。鉄砲隊がいるのは本隊だけなんですか？」

「いかにも。本隊には五〇の鉄砲組がおります。弓組も同数ゆえ、四〇〇のうち、攻めかかるのは三〇〇。左右の別働隊を合わせて七〇〇以上で攻めるのです。力押しで、何とかなりましょう」

「でも、相手はこんな臨時の隠れ家に、火矢への防御まで施しているほどの連中です。鉄砲の射撃をたった一度加えただけで、突撃するのは少し不用心に思えるのですが……」

ダダダーーーーーーン！！！

俺が源之丞《げんのじょう》にまだ話している最中、本隊にある五〇挺の鉄砲が一斉に火を噴いた。
同じ場所から、「ウオーーーッ！」と鬨《とき》の声があがり、それを合図に源之丞《げんのじょう》隊の大半も突撃を開始した。

こうなれば、もう運を天に任せるよりほかない。
源之丞《げんのじょう》は、護衛の兵士三〇人に周りを固めさせ、最後尾をゆっくりと進み出したので、俺たちもやむなく行動を共にする。

離れていく自分の隊の兵士たちに、分営の位置がわかるよう、源之丞《げんのじょう》は護衛兵に改めて松明《たいまつ》の火を灯させた。

敵の隠れ家に向けて、火矢は断続的に射られていた。燃え広がりはしないんだけど、矢の先端に巻き付けられた油紙の火が、まるでクリスマスツリーの電飾みたいに灯り、建物の周囲をほんのりと照らしている。

東西南の三方から突っ込んでいく京都所司代《しょしだい》の兵士たちが、一〇メートルくらいにまで接近した。

ダダダダダーーーーーーーーーーーーン！！！

突如として、隠れ家の板壁の隙間という隙間から、一斉に火花が散った。
それは、所司代《しょしだい》側よりも、はるかに大きな鉄砲の斉射音だった。
先頭を走っていた何十人もの兵士が、悲鳴を上げてバタバタと倒れる。
この音の響きから想像して、敵は味方の倍、一〇〇挺くらいの鉄砲を備えていそうだ。

ビシュー！　ビシュシュシュシュシューーーーーーー！！

直後、今度は鉄砲に代わって大量の弓矢が味方に対して降り注ぐ。
矢に射抜かれて倒れる兵士が続出し、突入しようとする味方の勢いが、一気に鈍る。

ダダダダダーーーーーーーーーーーーン！！！

すると、隠れ家から再び鉄砲の一斉射撃が三方に浴びせられた。
弓矢は間断なく飛んでくる。
予想もしない猛烈な反撃に、兵士たちはパニックに陥《おちい》った。
ある者は瓦礫《がれき》に身を隠し、ある者は地面に伏せ、進撃は完全にストップした。

……不安的中だ。

「おい、これはちょっとまずいんじゃないか？　相手は、相当な数の鉄砲と弓を調達しているぞ」

「うむ、沙希《さき》の申すとおりじゃ。鉄砲も弓も、それぞれ一〇〇はありそうな。むやみに突っ込めば、ますます損害が出よう」

「不利……味方……」

女の子たちが、思わず不安を口にする。

雅《みやび》と、彼女に肩を貸してもらっている信輔《のぶすけ》も愕然《がくぜん》とした表情で、死傷者続出の凄惨《せいさん》な光景をただ見つめている。

思いも寄らない展開にぼーっと立ちつくしている源之丞《げんのじょう》の元へ、徒歩侍《かちざむらい》（馬上の資格がない徒歩の武士）の一人が血相《けっそう》を変えて駆け込んできた。

「先陣の元田《もとだ》様、佐藤様、福井様、敵の鉄砲に撃たれ、三名相次いでお討ち死に！　我が隊は、死人、手負いの数が後を絶ちませぬ！　いかがすればよろしゅうございます？」

「何だと!?　三人とも……討ち死に……」

源之丞《げんのじょう》が絶句した。

先陣の三人とは、最前線の戦闘指揮を執《と》るために、俺たちと今しがた別れたばかりの武将たちだ。

「いかがも何もあるか！　止まらず、進め！　お前が足軽《あしがる》どもの尻を叩き、敵陣に突入させるのだ！　早う行け！」

「ははっ！」

逆上する源之丞《げんのじょう》に頭を下げ、徒歩侍《かちざむらい》は直ちに取って返す。

本来であれば、隊のリーダーである源之丞《げんのじょう》が率先して陣頭指揮しなければならないところなのに、彼は戦闘を部下に任せきりだ。このままじゃ、取り返しのつかないことになるんじゃ……。

俺の懸念は、たちまち現実のものとなった。

源之丞《げんのじょう》隊の先頭集団は、さっきの徒歩侍《かちざむらい》の叱咤《しった》でようやく態勢を立て直し、再度の突撃を試みた。


ダーン！　ダーーン！　ダダーーーーン！　ビシュー！　ビシュシュ──！


鉄砲と矢の集中射撃が、この集団をなぎ倒した。

陣頭に立つ徒歩侍《かちざむらい》は刀を振り上げ、隠れ家の数メートル手前まで肉薄したところで、何発もの鉄砲の餌食となった。

生き残り、しかも動ける兵士は、ほうほうの体で分営に逃げ帰ってきた。その数は六〇人ほどしかいない。

つまり源之丞《げんのじょう》の別働隊だけで、一六〇人もの兵士が矢弾を受けて死んだか、負傷して動けなくなっているか、軽傷やケガをしてなくても腰が抜けてどこかに隠れ潜んだままになってるってことだ。

近・現代戦にも共通する軍事用語でもあるんだけど、戦闘によって損害が全体の数割に達し、生存者が死傷者の後送などにあたって前線を退く部隊は、「全滅」したとみなされる。負傷者一人の後送には、二人から四人の兵が必要となり、この部隊の戦闘力はゼロになってしまうからだ。

となると、源之丞《げんのじょう》の隊は、明らかに全滅、いやそれよりももっと悪い状況と言えるだろう。

しかも、それは源之丞《げんのじょう》隊だけじゃなく、前田玄以《まえだげんい》の率いる本隊と、東側から攻めている右翼別働隊でも似たような惨状のはずだった。

もう本隊からも、右翼別働隊からも、突撃しようとする動きは見られない。どころか、兵士はこちらでも、それぞれの陣営に退却しつつあるようだった。

それまでは前方に味方の兵士がいたために沈黙していた本体の鉄砲隊が、射撃を再開した。しかし、人を狙ってるんじゃなく、威嚇《いかく》のために建物を撃ってるだけだから、どれだけの効果があるのかは疑問だ。

そこへ、玄以《げんい》からの伝令が、再び源之丞《げんのじょう》の元へやってきた。

「福住《ふくずみ》様、急ぎ本営にお越しくださいませ。前田《まえだ》様は、動かせる兵の数をお聞きになってから、評定をなさりたいと！　また、評定には、高杉《たかすぎ》様にもご臨席をお願いしたいとのことにございます！」

恐らく、あの堅陣に向かってもう一度突撃する兵力なんてないだろう。それに、兵士の士気もガクンと落ちてるはず。すぐに対策を考えなければならない。

俺たちは伝令に案内され、玄以《げんい》がいる本営へと向かった。女の子たちはもちろん、信輔《のぶすけ》と雅《みやび》も付いてきている。

承香殿《じょうきょうでん》の廃墟《はいきょ》を楯代わりにした本営では、兵士の持つ松明《たいまつ》が、沈痛な面持ちで肩を落とす玄以《げんい》と幕僚の武将たちを照らしていた。

松明《たいまつ》の数が少ないのは、敵から狙い撃ちをさせないためだ。

玄以《げんい》の前に片膝を突いた源之丞《げんのじょう》が、悔しげに頭を下げた。

「申し訳ございませぬ！　隊の損耗《そんもう》があまりにも大きく、我が隊には九〇の兵士しか手元にない有様で……」

「九〇？　お前の方も、さほどに大きな痛手を……」

「前田《まえだ》様、本隊と右翼の隊の損害はどれほどなんですか？」

源之丞《げんのじょう》の後ろから聞いた俺に、玄以《げんい》は自嘲《じちょう》の笑みを浮かべた。

「高杉《たかすぎ》殿も来てくだされたか……前田玄以《まえだげんい》、一生の不覚じゃ……動かせるのは本隊で二〇〇、右翼隊が一〇〇。源之丞《げんのじょう》の左翼隊を合わせても、四〇〇に足らぬ。兵士の数ではわずかに勝っても、鉄砲の数は敵の方が遙かに多い。

野戦ならばいざ知らず、これだけの数で守りの堅い敵陣に攻めかければ、いたずらに兵の犠牲を増やすばかり……」

確かに、これ以上の力攻めは無意味だ。

「大坂の関白殿下《かんぱくでんか》には、もうこちらからの連絡が行ってるんですよね？」

「二条第《にじょうだい》で高杉《たかすぎ》殿と話をしてから、すぐ急使を出しました。日が暮れてから、殿下《でんか》からの使者も二条第《にじょうだい》に入り、援軍として黄母衣《きほろ》衆を大坂からすぐ向かわせるとのことでござった。かくなる上は、敵を包囲し、援軍の到着を待つしかありませぬ……」

黄母衣衆《きほろしゅう》は、秀吉《ひでよし》直属の騎馬隊である馬廻《うままわり》から選抜された精鋭の親衛隊だ。

母衣《ほろ》とは、武士が後ろからの流れ矢を防ぐため、甲冑《かっちゅう》の背中に付けた長い布で、馬で駆けると風をはらんで大きく膨らむ。

鉄砲が普及した戦国時代に入ると、武勇を示す装飾具としての意味合いが強くなり、竹ひごやクジラの髭《ひげ》を骨組みに利用した袋状に変化する。

かつて、織田信長《おだのぶなが》は、自分の馬廻《うままわり》から優れた士を選んで使番《つかいばん》（戦場において伝令や監察などの重要な役目を務めた武士）として用い、黒に染めた母衣《ほろ》の部隊を黒母衣衆《くろほろしゅう》、赤い母《ほ》衣《ろ》の部隊を赤母衣衆《あかほろしゅう》と呼んだ。

秀吉《ひでよし》は、これを踏襲《とうしゅう》し、親衛隊には黄色い母衣《ほろ》を付けさせている。

「軍備を整えてから急行したとして、大坂城からとなれば、京に着くのはどれだけ急いでも夜明け近くにはなりますよね」

秀吉《ひでよし》が、ライバルである柴田勝家《しばたかついえ》を倒し、織田《おだ》家の一重臣から天下人へと飛躍する賤ヶ《しずが》岳《たけ》の戦いでは、一万五〇〇〇の大軍でありながら、美濃《みの》から合戦場である近江《おうみ》の賤ヶ岳《しずがたけ》までの約五二キロをわずか五時間で移動した。

いわゆる、美濃《みの》大返しである。

でも、この時は行軍時間の過半が日中だったし、夜間行軍のための準備をあらかじめ入念にしていたとも言われている。

大坂城から京までは、大体四〇キロちょっと。文字どおり急行したとしても、完全な夜間行軍でもあるんだから、時間はかなりかかるだろう。

「いかにも。殿下《でんか》からの使者によれば、日の出前後には黄母衣衆《きほろ》が内野《うちの》に着けるよう算段を。また、摂津《せっつ》、山城《やましろ》、近江《おうみ》、大和《やまと》の近隣諸国からも援軍を出すよう、大坂から手配りされております」

「それまで、ずっと待つ訳ですか？」

「何か差し障りがござろうか？」

「さっきからの攻撃の規模や様子を見て、敵はこちらの兵力を大凡《おおよそ》は察しているはず。夜襲を断念し、包囲の態勢に移れば、攻撃側が多くの死傷者を出し、もう余力がないことを悟られるでしょう。

畿内《きない》は殿下《でんか》のお膝元なんですから、時間が経てば経つほど、こちらには援軍が加わり、敵が不利になるのは明白。であれば、敵は夜が明ける前に打って出てくるんじゃないでしょうか？

四〇〇だけの手勢では、包囲してもあちこちに手薄な場所ができます。隙間の一点を敵に全軍で突かれたら、すぐに破られてしまいますよ」

「では、どうせよと？」

「敵の隠れ家に、どこか弱点はないでしょうか？　こんな荒れ地で急造した建物です。城みたいに防備が整ってはいないはず。そこを突けば」

「いや、そこまでの内偵は……残念ながら、できておりませんな」

敵の隠れ家をあばら屋だと見くびったことが、夜襲すれば簡単に勝てるという予断を生んでしまったようだ。

敵の内情がわからなければ、こちらから手出しするのは難しい。

沈黙する一座の中へ、暗闇から誰かが進み出てきた。

「高杉《たかすぎ》様、こちらにおいででしたか」

「風葉《かざは》さん！」

茶色の忍び装束は闇に溶け込みやすく、風葉《かざは》は本営を取り巻いている歩哨《ほしょう》に全く気付かれず、ここまで入り込んできていた。

「どこに行ってたの？」

「敵の様子を少々探って参りました」

風葉《かざは》のことだから、余計な心配はしてなかったけど……かゆい所に手が届く、と言うか、彼女はいつも人知れず気の利いた仕事をしてくれる。

「やっぱり。そうじゃないかと思ってた。それで、何かわかったの？」

「敵の隠れ家は、四方の壁と屋根に、革張りした板をびっしりと打ち付けております。よって、火矢は効きませぬ。

壁に使われている板は一枚が幅四尺（約一・二メートル）、高さ二間（約三・六メートル）。板と板には隙間が作られ、そこから四方に鉄砲や弓を放てます。

鉄砲は約一二〇挺。弓は八〇張前後をそろえておろうかと……。まさに、砦《とりで》の様相を呈《てい》しております」

場所が洛外《らくがい》とはいえ、都のすぐ側でこれほど大規模な砦《とりで》の築造を許してしまうなんて、灯台下暗しもいいとこだ。

玄以《げんい》、源之丞《げんのじょう》、そして居合わせる武将たちが、そろって顔を引きつらせる。

敵は、夜襲を想定し、万全の備えで待ち構えていた。そこへ、のこのこと突っ込んでいった訳だ。

「となると、死角はないんだね」

「されど、一つだけ、密かに内部へ忍び込めそうな場所があります」

「えっ!?」

俺だけじゃなく、その場の全員が、風葉《かざは》を注視《ちゅうし》した。

「北面の西寄りの個所に、渡殿《わたどの》が崩れ落ちた跡が、北へ八間（約一四・四メートル）ほども延びているのです」

「おお、それは恐らく、貞観殿《じょうがんでん》と常寧殿《じょうねいでん》をかつて南北に結んでおった渡殿《わたどの》の一つじゃな」

玄以《げんい》によると、常寧殿《じょうねいでん》の北側には、天皇の装束などを裁縫する場所である貞観殿《じょうがんでん》が配され、二つの渡殿《わたどの》が設けられていたらしい。

渡殿《わたどの》とは、寝殿造りの二つの建物を繋ぐ、屋根付きの廊下だ。

「この個所だけは焼け落ちたのではなく、柱が崩れて屋根の大半がそっくり地面に落ちた状態で朽ちており、屋根の下を這っていけば、隠れ家へと行き着けましょう」

「それだ、風葉《かざは》さん！　前田《まえだ》様、そこへ選りすぐった精兵を二、三〇人くらい突入させるんです。接近戦になれば、鉄砲や弓は使えません。屋内で敵が混乱するところを、総掛かりで攻めれば、勝機が出てきます！」

「うむ、それじゃ！　高杉《たかすぎ》殿、名案ではないか！」

「敵は三〇〇のうち、二〇〇が鉄砲と弓なんだろ。じゃあ、残りの兵も含めて、ほぼ全員が外にばかり目を向けてるはずだ。こっちが少数でも、中に忍び込みさえすれば、十分敵をあたふたさせられるぞ」

「旦那様……さすが」

俺と女の子たちがこんなに目を輝かせているというのに、肝心の玄以《げんい》たちの意気込みがどうも欠けている。

「あの……前田様《まえだ》？」

俺の問い掛けに、玄以《げんい》は気まずそうな顔で見返した。

「腕に覚えのある配下の者共は、先ほどの攻めで皆先頭を切って進み、大方が討たれるか、手負いいたした……。高杉殿《たかすぎ》の献策を任せられるほどの士は、恥ずかしながらもう何人もおらぬ……」

生き残っている者の多くは、足軽《あしがる》ってことか。そうなってくると、もう京都所司代《しょしだい》の兵士は当てにできない。

俺は、有貴姫《ゆきひめ》、りよ、沙希《さき》、風葉《かざは》の顔を順番に見た。

こんな状況となれば、味方の中で残っている有効な手駒は俺たちしかいない。

あの隠れ家の中には、十六夜《いざよい》が囚われている可能性もある。

しかし、いくら何でもたった五人で飛び込んでいくのは無謀すぎる。

かといって、このまま何もしなければ、敵に主導権を渡すことに……。

苦悩する俺の頭の中は、みんなもお見通しだ。

「戦況を打開するには……やるしかあるまい？　わらわは、付いていくぞ、高杉殿《たかすぎ》」

「当たり前だ！　どこまでもな、高杉《たかすぎ》氏」

「一緒！……どんな時も」

「皆様を案内できるのは、われしかおりませぬ。高杉《たかすぎ》様」

四人が、俺に爽やかな笑顔を向ける。

俺は考えあぐねた末、首を横に振った。

「やっぱりダメだよ。俺だってできれば突入したいけど、たった五人では、いくら相手の不意を突いたとしても、多勢に無勢だ」

「いいや、ここに一九名いる！」

横合いから声を上げたのは、新たに本営へ入ってきた甲冑姿の武者だった。

兜の下にあるのは……久しぶりにまみえる懐かしい若武者の顔だ。

「信繁《のぶしげ》様！」

「一郎太《いちろうた》、伊予《いよ》（愛媛県）で別れて以来、久方ぶりだな。また会えて、嬉しいぞ」

信濃国（長野県）にある上田城の城主・真田昌幸《さなだまさゆき》の次男であり、後年真田幸村《さなだゆきむら》として歴史に名を刻むのが彼だ。

武人らしからぬ温和で清々《すがすが》しい容貌《ようぼう》は、一月前と全く変わらない。

「お久しゅうございます、信繁《のぶしげ》様！　斯様《かよう》な場所で、またお会いできますとは！」

海野《うんの》家が真田《さなだ》家に臣従している関係から、九尾山《くおやま》城籠城戦では援軍として助けてもらい、九頭竜丸《くずりゅうまる》事件では行動を共にするなど、縁の深い有貴姫《ゆきひめ》が、嬉しそうに前へ出てきた。

「おお、有貴《ゆき》殿も息災で何よりじゃ」

その有貴姫《ゆきひめ》の隣に、風葉《かざは》がすっと身を置き、かしこまった。

「信繁《のぶしげ》様……」

「うむ、風葉《かざは》、一郎太《いちろうた》たちと共に西国では度々難儀したようだが、良く生きて戻ってくれた。大儀であったな」

「ははっ！　勿体なきお言葉！」

風葉《かざは》が、感激した様子で片膝を付いたまま頭を深々と下げる。

「あの……信繁《のぶしげ》様は今、伏見《ふしみ》の淀城《よどじょう》に詰めておられるんじゃ？」

「うむ、それゆえにここへ来たのだ」

信繁《のぶしげ》は、視線を俺から玄以《げんい》の方へ向け、歩み寄って一礼した。

「淀城《よどじょう》に在番する、真田《さなだ》源次郎信繁《のぶしげ》にございます。大坂からの早馬により、淀城《よどじょう》の兵は速やかに都へ入り、京都所司代《しょしだい》様の指揮下に入るようとの下知《げち》これあり。

一刻を争う事態と拝察いたし、鉄砲隊、弓隊、槍隊の備えが整うのを待たず、騎馬の士だけで先に駆け付けようと都に向かった次第。

二条第《にじょうだい》にて、前田《まえだ》様の軍勢は既に内野《うちの》へ出陣されたと聞き、急ぎ追いかけてきました。拙者を含め、計一九名が参着しております。残りの兵士も、追っ付け参りましょう」

「おお、おお、そうでありましたか！　信繁《のぶしげ》殿とは、大坂城で一度お会いして以来じゃな。それにしても、よくぞ来てくださった！」

「先ほどの一郎太《いちろうた》の策に、我ら淀城《よどじょう》の一九名も加わりまする。これで、総勢二四名。潜入斬り込み隊の数としては、ちょうど良いのではありませぬか？」

「そうしていただけるなら、これほどありがたいことはない」

玄以《げんい》の言葉は、俺の気持ちと全く同じだった。信繁《のぶしげ》たちが加わってくれるのなら、勝機も見出せる。

「あても行く！　邪魔せえへんから、あても連れてって！」

雀憐《じゃくれん》が、俺たちの目線に顔を入れようと、ぴょんぴょん跳ねた。

「そんなの無理に決まってるだろ」

俺は少し腰を屈《かが》めて、雀憐《じゃくれん》の頭に手を当てた。

「いい子だから、今回だけは大人しくしてなきゃダメなんだからな。でないと、大ケガしたり、悪くすれば死んじゃったりするかもしれないんだぞ。

死んだら……十六夜《いざよい》さんともう会えないんだ。そして、十六夜《いざよい》さんをすごくすごく悲しませることにもなる。そんなの嫌だろ？」

「そやけど、あのキツネ男が〝鬼火猩々《おにびしょうじょう》〟と関係あるんやったら、あの隠れ家の中に十六夜《いざよい》様がいてはるかもしれんのやろ？」

「あの中にもし十六夜《いざよい》さんがいて、無事に助けられたら、真っ先に雀憐《じゃくれん》に会わせる。だから……な？」

「う〜〜〜〜〜」

唸りながらも、雀憐《じゃくれん》は仕方なく承知した。

「信輔《のぶすけ》様、雅《みやび》さん、ここで雀憐《じゃくれん》のこと、お願いします」

俺は、雀憐《じゃくれん》の手を取り、信輔《のぶすけ》と雅《みやび》の前に連れて行った。

「いいや、わしもお前たちの仲間に加えてくれ。盛永《もりなが》との決着は、主たるわしがつけねばならんのだ！」

信輔《のぶすけ》が、決然と異議を唱えた。

「お気持ちはわかりますが、そのケガでは無理ですよ。盛永《もりなが》は剣の達人。あなたの剣の師匠なんでしょ？　そんな相手に、不自由な身でどうやって戦うおつもりなんです？　ここはどうか堪えて、ここに留まってください」

信輔《のぶすけ》は反論できず、口惜しそうに黙ってうつむく。

「一郎太《いちろうた》、また共に戦えるな」

信繁《のぶしげ》が、明るい笑顔を俺に向けた。

「はい、よろしくお願いします！　前田様、俺たちの斬り込みが成功し、隠れ家の内部が騒がしくなったなら、本隊、右翼隊、左翼隊で一斉に攻め掛かってください」

「しかと承《うけたまわ》った！　ご武運をお祈りいたす！」

「お任せください！」

そうだ。信繁《のぶしげ》というこれ以上ないっていうくらい心強い味方を得られたんだ。きっと、きっと、やり遂げなきゃいけない。

敵がどれほど手強い相手であろうとも――。

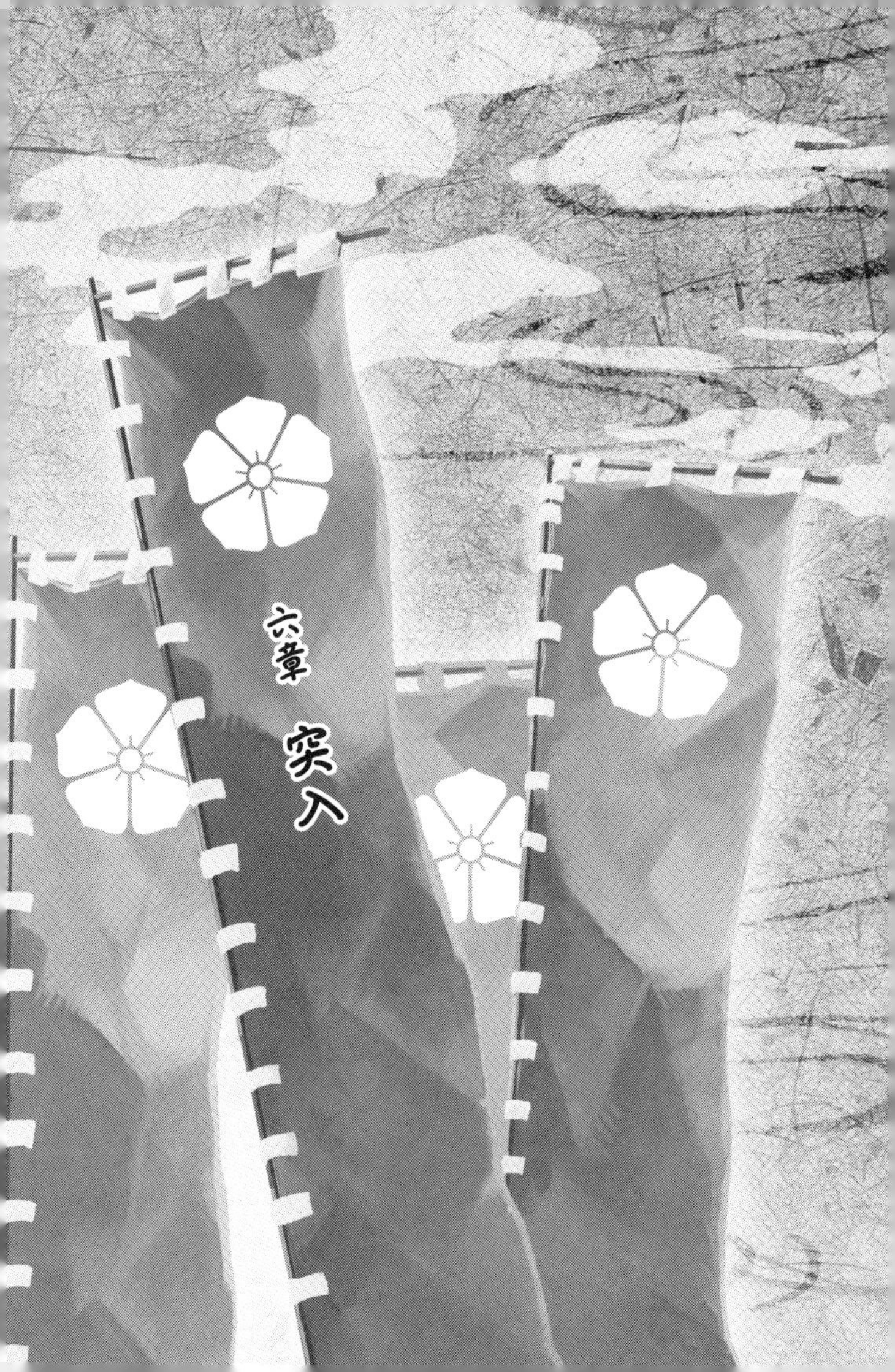

六章　突入

六章　突入

旧内裏《だいり》の最北端中央部にあったという貞観殿《じょうがんでん》跡地は、三〇〇年以上前に崩壊、炎上した建造物の一部や破片があちこちで地面から突き出し、隆起している。

暗闇の中を、案内役の風葉《かざは》が先頭になって地面を這い、そのすぐ後に信繁《のぶしげ》、俺、有貴姫《ゆきひめ》、沙希《さき》、りよ、そして一八名の淀城《よどじょう》の武士が一列になって続く。

この武士たちは、一〇代後半から二〇代の若者ばかりだ。信繁《のぶしげ》はまだ一八歳だから、本来なら若年の彼がこんなリーダーシップを取れない。

しかし、半年前の第一次上田合戦で真田昌幸《さなだまさゆき》がわずかな兵力で徳川《とくがわ》の大軍を破り、真田《さなだ》家の武名が全国に轟いていたことと、信繁《のぶしげ》が既に故郷で初陣も済ませ、他の同僚たちに比べて実戦経験があったことから、若手の騎士の間では自然と彼に人望が集まったようだ。

俺たちは、風葉《かざは》が言っていた渡殿《わたどの》跡にやってきた。

暗くてほとんど何も見えない。

でも、朽ちた三角の屋根が一直線に敵の隠れ家へ伸びているらしいのはわかる。

地面と屋根の間には、大人一人がようやく這って進めるほどの空間があった。

屋根の板はぼろぼろで、あちこちに大きな穴が空いている。昼間ならいざ知らず、夜間であればこの下を人が進んでも見つからないだろう。

俺たちは同じ順番で屋根の下に潜り込み、腹ばいのまま前進した。

建物に近付くにつれ、人の話し声や笑い声が漏れ聞こえてきた。

攻め寄せる京都所司代《しょしだい》の兵士を大勢倒して撃退し、奴らは意気揚々《ようよう》といったところか。

それなら、少しは心に隙ができているかもしれない。

風葉《かざは》の前進が止まった。

「建物の外壁に着きました。出口には板切れが乗っかっておりますが、押し破れそうです。隙間から覗くと、出口の三間《さんけん》ほど右に弓と槍を持った者が三名、四間ほど左に弓と刀の者が二名。屋内には行灯《あんどん》がいくつも掲《かか》げられているので、暗くはありませぬ。

板壁の内側は幅の広い廊下になっていて、回廊《かいろう》のごとき造りかと。建物の中心部にはいくつもの部屋があるようで、板で区画され、全体を見渡すのは難しゅうございます」

風葉《かざは》の押し殺した声は、信繁《のぶしげ》だけでなく、俺の耳にも届いた。

「よし、本隊からの銃撃が始まれば、一気に飛びだそう。俺は右手の三名を、風葉《かざは》は左手の二名をやってくれ」

「かしこまりました」

「後は、出た者から内部に突っ込み、敵を斬って斬って、斬りまくる。敵の多くは鉄砲や弓を持ったままゆえ、不意を突けば大いに混乱しよう。一郎太《いちろうた》、それで良いな？」

「はい、仰《おお》せのとおりに」

本隊の鉄砲隊は、敵の注意を逸らすために、一定間隔で銃撃をしてくれている。だから、敵の目は本隊のいる南に注《そそ》がれたままだ。

兵力配置も南と東西にシフトされ、北側にはわずかな人数しか置いていない。

信繁《のぶしげ》の指示を一人ずつ、後ろに伝言させる。

いよいよ大勝負だ。俺は、両手に持つ杖《じょう》を握り直す。

手《て》の平《ひら》は、緊張していて汗でびっしょりだ。戦闘中に滑らないよう、手《て》の平《ひら》と、杖《じょう》の握っていた部分を袴《はかま》で拭う。

信繁《のぶしげ》は、腰の刀をゆっくりと抜き、剣尖を前に向けた。


ダダダーーーーーン！


本隊からの銃撃が始まった。

と同時に、風葉《かざは》が出口を塞ぐ板に体当たりし、外に飛び出した。

間をおかず、信繁《のぶしげ》も続く。

そして俺も、地を蹴るように前へ出た。

風葉《かざは》は、でんぐり返りした後にすっくと立ち、左側にいる二人の敵に、棒手裏剣を続け様に放った。

「ぐえっ！」

「うっ！」

首筋に棒手裏剣を受けた二人は、その場でたちまち倒れた。

右手に突進した信繁《のぶしげ》は、何事かと振り向いた一人を一刀で斬り、目にも留まらぬ速さで槍を持つ一人を、さらに弓を捨てて腰の小刀を抜こうとした一人を叩き伏せた。

「敵だー！　敵が中に侵入したぞーーーー！」

少し離れた場所にいた兵士が、異変に気付き、大声を上げた。

その間に素早く這い出てきた淀城《よどじょう》の武士たちは、回廊《かいろう》を左右に分かれて斬り込んでいく。

俺の周りには有貴姫《ゆきひめ》、沙希《さき》、りよ、風葉《かざは》がいる。

「りよさんは、接近戦に向かないから、ここに留まって出口を確保しつつ、回廊《かいろう》で離れて戦ってる味方の掩護《えんご》を！」

「え……一緒に…行く……おらも……」

「お願いだから！」

「うぅ……わかった……」

俺たちと一緒に付いてきたい気持ちはわかるけれど、半弓《はんきゅう》を持つりよは、刀を持つ敵に接近されれば反撃のしようがない。

でも、見通しの良い回廊《かいろう》にいれば、信繁《のぶしげ》たちを十分助けられるはずだ。

りよを残し、俺たちは建物の中心部にある部屋を一つ一つ検《あらた》めていった。

ひょっとすれば、十六夜《いざよい》が監禁されているかもしれない。

板壁を蹴破って進むと、部屋はどれも集結している浪人たちの寝場所に使われているようだった。

何枚かの板壁を蹴破ると、そこそこ広いスペースに行き当たった。

そこに、小具足姿の盛永《もりなが》と、三人の武士がいた。

ここが、奴らの本営か？

有貴姫《ゆきひめ》が薙刀《なぎなた》、沙希《さき》がやがらもがら、風葉《かざは》が忍び刀を構える。

「高杉一郎太《たかすぎいちろうた》……昨晩有無を言わさず殺しておかなんだのが、悔やまれるわい」

盛永《もりなが》が、薄ら笑いを浮かべた。

「沓掛盛永《くつかけもりなが》――いや、本当の名前は斎藤九郎右衛門《さいとうくろうえもん》だったな。明智光秀《あけちみつひで》の子を擁して、明《あけ》智家《ち》の再興を図るために、都で反乱を起こそうとしているのかもしれないが、お前たちはもう終わりだぞ！

〝鬼火猩々《おにびしょうじょう》〟の化けの皮ははぎ、〝かまいたち〟を演じていた連中はみんな倒した！〝鬼《おに》火猩々《びしょうじょう》〟役の仲間もここへ逃げ込んできただろ！」

「ほお……そうか……〝鬼火猩々《おにびしょうじょう》〟もしくじったか……。まあ良い。奴らは同志ではあるが、我らのまことの仲間ではないのだからな」

「何だと？　それはどういう意味だ！」

「お前に教えてやる義理はない」

「十六夜《いざよい》さんは？お前たちがさらった巫女《みこ》の十六夜《いざよい》さんはどこにやった！」

「それも〝鬼火猩々《おにびしょうじょう》〟だ。我らは一切あずかり知らぬ……それよりも、あと一日、いや半日の猶予《ゆうよ》があれば、かつて明智《あけち》軍に属しておった選り抜きの兵を今の倍は集め、甲冑《かっちゅう》や得《え》物《もの》・弾薬を十分に備えたうえで、光秀《みつひで》様の二人のお子を寺から連れ出し、都に乱を起こせたものを……もはや我らにできるのは、秀吉《ひでよし》に加担する者どもを一人でも多く地獄への道連れにすることのみ」

　そう言うなり、盛永《もりなが》は踵《きびす》を返して部屋を飛び出し、横にいた三人の武士が刀を抜いて俺に襲いかかってきた。

咄嗟《とっさ》に、有貴姫《ゆきひめ》、沙希《さき》、風葉《かざは》がそれぞれの武器で刀を受け止め、反撃に転じる。

「高杉殿《たかすぎ》、早う盛永《もりなが》を！」

「ここはあたしたちに任せてくれ！」

「あの者を逃がしてはなりませぬ！」

女の子たちの気持ちに応え、俺は盛永《もりなが》の後を追った。

屋内では、四方八方から怒号や叫び声が飛び交い、大混乱に陥《おちい》っているのがわかる。

盛永《もりなが》は、次々と板壁を踏み倒し、途中で柱に掛かっていた行灯《あんどん》を手にして、真っ暗な部屋に入っていった。

「待て！」

盛永《もりなが》を追いかけて入ったその部屋は、七、八メートル四方と、これまでに見た部屋の中でも一番大きい。

奥には、何かが大量に積み上げられ、ムシロが被せられている。

盛永《もりなが》は、奥の柱に行灯《あんどん》を掛け、俺に向き直った。

「お前だけは、この手で命をもらう」

俺も、すぐに杖《じょう》を「右本手《みぎほんて》」に構える。

相手は、剣の達人だ。

一対一の勝負で、俺に勝ち目はあるのか……。

仲間はみんな数に勝る敵との戦いで手一杯だから、すぐには誰も助っ人には来てくれない。覚悟しなければ……。

俺は、気持ちを落ち着かせるために、大きく深呼吸した。

「きえーーーーーい！」

鋭い気合いと共に、盛永《もりなが》が斬り込んできた。

頭上で刀を受け止める。

ぐるりと杖《じょう》を回転させ、刀を巻き落として顔面を打とうとしたものの、奴の腕力が遙かに勝り、杖《じょう》をぴくりとも動かせない。

両腕に、全身の力を込める。と、ふいに抵抗が消え、俺は前につんのめった。

盛永《もりなが》が、わざと刀を引いたんだ。

体勢を崩した俺の背中目掛けて、盛永《もりなが》の刀が落ちてくる。

俺は体を回転させて、その一刀を払ったけれど、足がもつれて勢いよく転倒してしまった。体を起こそうとする俺の目の前に、盛永《もりなが》の刀の切っ先があった。

まだ右手に持つ杖《じょう》の先を、盛永《もりなが》の左足が踏みつけている。

動けない……。

「なかなか良い筋をしている。鍛えれば、そこそこの剣術使い、いやそなたの場合は杖術《じょうじゅつ》の使い手になるかもしれぬが……もはやこれまでだ。覚悟せい」

盛永《もりなが》が、刀をわずかに引き、俺の首を目掛けて突こうとした。

殺される！　その寸前、横合いから盛永《もりなが》に向かって小刀が飛んできた。

キーーン！

小刀を容易《たやす》く刀で弾いた盛永《もりなが》は、仕掛けてきた相手が立つ出入り口を見た。

「宮様《みやさま》……」

「信輔《のぶすけ》様！」

そこには、雅《みやび》に肩を貸してもらい、雀憐《じゃくれん》に体を支えてもらっている信輔《のぶすけ》がいた。

「盛永《もりなが》……お前は、わしを欺《あざむ》いていたのか？」

「それは違います。確かに、拙者《せっしゃ》のまことの名は、斎藤九郎右衛門《さいとうくろうえもん》。明智《あけち》家の旧臣《きゅうしん》です。されど、宮様《みやさま》ならば、我らの心情をわかってくださされると信じておりました。

秀吉《ひでよし》こそは、我らの共通の敵なのです。我らにとって、主君を討った秀吉《ひでよし》は憎き仇。そして、おのれの天下への欲望のために、近衛《このえ》家を騙し、朝廷《ちょうてい》を意のままに操ろうと画策《かくさく》している秀吉《ひでよし》は、宮様《みやさま》にとっても獅子身中《しししんちゅう》の虫《むし》。どうか、目を覚ましてくだされ！」

「盛永《もりなが》、それはお前の心得違《こころえちが》いじゃ」

「心得違《こころえちが》いですと？」

「殿下《でんか》は、実力でもって天下人になられたのだ。今、あのお方と肩を並べ、覇権を争える人物が日《ひ》の本《もと》に残っておろうか？

お前の言うとおり、殿下《でんか》が〝源平藤橘《げんぺいとうきつ》〟に次ぐ第五の姓を創始し、武家関白《かんぱく》制を敷こうとされているのであれば、いよいよ我ら公家《くげ》は武家に負けぬ力を身に付け、おのが腕で関《かん》白《ぱく》職を取り戻さねばならぬ。

だからこそ、我ら公家《くげ》は、力ある者に媚びへつらい、頼り切ってきた心根を入れ替え、文武を兼ね備えた高貴な存在とならねばならんのだ。

それができれば、殿下《でんか》とて考えをお改めになるであろう。天下が治まりつつある日《ひ》の本《もと》で、殿下《でんか》に刃向かうなど、世を乱し、万民を苦しめる元になろうぞ！」

「宮様《みやさま》は、お若い。天下はまだまだ治まっておりませぬ。何故なら、我らが都で蜂起《ほうき》し、京都所司代《しょしだい》を駆逐できたならば、それを合図に天下をひっくり返す算段が、既に整っておるからです」

盛永《もりなが》の衝撃《しょうげき》発言に、その場にいる全員が言葉を失った。

「ハハハ、驚かれましたか？　我らとてバカではござらぬ。秀吉《ひでよし》の膝元で小さな反乱を起こしたとて、すぐに鎮圧されるのは十分承知しております。さればこそ、あらゆる反秀吉《ひでよし》勢力と結び、からくりを施しておる次第。

まず、我らが都で騒ぎを起こし、洛中《らくちゅう》を火の海にすれば、山城《やましろ》（京都府南部）、河内《かわち》（大阪府東部）、近江《おうみ》にて百姓たちが一揆《いっき》を起こしまする。

かの国では、石田三成《いしだみつなり》めの差配によって新たな検地が行われ、年貢が大幅に増やされました。恨みに思う百姓は数知れず、一揆《いっき》は大がかりな規模となりましょう。

その鎮定《ちんてい》に、秀吉《ひでよし》は近隣諸国から兵をかき集め、差し向けねばなりませぬが、同時に紀伊《きい》に潜む雑賀《さいか》衆、根来《ねごろ》衆の残党が蜂起《ほうき》。

それだけではありませんぞ。ここからが本番じゃ。今は秀吉《ひでよし》と和議を結んで大人しくしておる東海の徳川家康《とくがわいえやす》と、尾張《おわり》の織田信雄《おだのぶかつ》が大軍を催し、一気に都へなだれ込んでくるという寸法。

これで天下は再び大乱となり、秀吉《ひでよし》の世など呆気なくひっくり返りましょう。

近衛《このえ》家と徳川《とくがわ》家とは、かねてより親密な間柄のはず。家康《いえやす》が都に入り、秀吉《ひでよし》を討てば、当然宮様《みやさま》を新たな関白《かんぱく》にお据《す》えになるでしょう。

宮様《みやさま》は、世の混乱を鎮め、朝廷《ちょうてい》を引っ張る重要な役目を果たさねばならぬのですぞ！」

まさか、そんなとんでもない陰謀《いんぼう》が、実際に動き出そうとしているのか？

しかし、盛永《もりなが》の言ってる話は、確かに現実的だ。

昨年から畿内《きない》で始まった検地とは、これから全国規模で実施されていく太閤《たいこう》検地。

それまで一反が三六〇歩だった田畑の大きさを、三〇〇歩に変えて測量したから、農民にとっては大幅な年貢増となり、怒りを買っていく。

一揆《いっき》を未然に防ぐために、秀吉《ひでよし》が三年後に実施するのが、農民の帯刀を禁止する刀狩りだ。

紀伊《きい》は平定されたとはいえ、反乱分子がまだまだいるようだから、ここでの雑賀《さいか》衆と根来《ごろ》衆の残党蜂起《ほうき》は、大いにあり得る。

そして、織田信雄《おだのぶかつ》と徳川家康《とくがわいえやす》の挙兵。これだって、十分可能性がある。

秀吉《ひでよし》が、尾張《おわり》（愛知県西部）の小牧《こまき》・長久手《ながくて》で二人と戦ったのは、去年。局地的な戦いでは家康《いえやす》・信雄《のぶかつ》連合軍が勝利したけれど、それが決定打とはならず、戦線が膠着《こうちゃく》したまま和議になっている。

和議は、あくまで争いを止め、和解することであり、信雄《のぶかつ》は秀吉《ひでよし》に臣従《しんじゅう》したものの、家《いえ》康《やす》はいまだに臣従《しんじゅう》していない。

ちなみに、秀吉《ひでよし》が苦労した末、家康《いえやす》を臣従《しんじゅう》させるのは、来年の一五八六年一〇月だ。

信雄《のぶかつ》だって、表面上は臣従《しんじゅう》しているとはいえ、かつての家臣筋である秀吉《ひでよし》に心から服してはいないだろう。

自分に有利な環境や条件が整えば、いつだって裏切るはず。

二人の所領は、家康《いえやす》が東海・中部五か国の一三〇万石、西隣の信雄《のぶかつ》が尾張《おわり》の六〇万石。

当時の動員兵力は一万石で約二五〇人だから、家康《いえやす》・徳川《とくがわ》連合軍は五万人くらいの兵力を動かせる。

家康《いえやす》は、領地の東側に隣接する関東の大大名・北条《ほうじょう》氏と同盟を結んでいるから、背後を脅かされる心配はない。

つまり、全兵力を信雄《のぶかつ》と一緒に都へ向けられるってことか。

二人が最短距離で都へ向かうには、中山道《なかせんどう》で美濃《みの》と近江《おうみ》を通らなければならない。

美濃《みの》には岐阜《ぎふ》城や大垣城、近江《おうみ》には長浜城や坂本城といった比較的大きな城の他に、小さな城もたくさんある。

大軍で小城は蹴散らせても、大きな城に籠城されれば、すぐには落とせない。上洛はそんな簡単に、スピーディーに行われるとは考えにくい。

でも、一定の兵を城の抑えに残して、中核部隊だけで都を一直線に目指してくれれば……。

そのうえ、畿内《きない》が一揆《いっき》で混乱しているのなら、この上洛作戦の成功率は案外高いのかも。

これは、えらいことだ……。

「宮様《みやさま》、いかがか？　今からでも遅くはありませぬ。それがしと手を組み、まずはここにおる者たちを血祭りに上げ、洛中《らくちゅう》に火の手を！」

「盛永《もりなが》……」

いくら何でも、信輔《のぶすけ》は心を動かされないだろうな？　俺は、祈る思いで、彼の顔をまじまじと見つめた
「ご賛同くださるか？」

「愚か者！　恥を知れ！」

信輔《のぶすけ》は、顔を真っ赤にさせて怒鳴った。

「何ですと？」

「天下は誰のためにある？　私欲にまみれた輩《やから》のためにあるのではない！　万民のためにあるのだ！　都を火の海にすれば、どれだけ大勢の民が命を失い、傷付き、家を失うか、お前にはまことにわかっておるのか？

天下は長い戦乱の世からようやく太平の世へと向かおうとしているのに、それを再び混沌へと引き戻そうとする所業のどこに、義がある？　理がある？　わしは……主《あるじ》として、お前を許す訳にはいかぬ」

「ふふん。それは大層なおっしゃりようですが、見れば宮様《みやさま》は、左足をひどく手負うておられるようじゃ。

それがしは、宮様《みやさま》のお人柄を心より敬愛している。それゆえ、一切の手抜きをせず剣の稽古をつけ、一端《いっぱし》の剣士にお育てした。されど、そのお体では、まともに剣を扱うこともままならぬでしょう」

丁寧な言葉遣いをしながら、盛永《もりなが》は信輔《のぶすけ》を小馬鹿にしている。

「おのれ、言わせておけば！」

信輔《のぶすけ》は、雅《みやび》と雀憐《じゃくれん》を振り払い、刀を抜いて一歩を踏み出した……その途端、左足の激痛に堪えきれず、転倒してしまった。

「信輔《のぶすけ》様！」

雅《みやび》が慌《あわ》てて寄り添い、信輔《のぶすけ》の上半身を抱き起こす。

「ハハハ。宮様《みやさま》、所詮《しょせん》公家《くげ》に武道は無理なのですよ。世を治めるうえでの難しき問題が山積する政《まつりごと》は、全て武家が解決いたします。

公家《くげ》の方々は、大人しく有職故実《ゆうそくこじつ》と、それぞれのお家に伝わる諸芸道の継承だけに、力を注いでおられれば良い」

「それが……お前の本心か……」

信輔《のぶすけ》が、憤怒《ふんど》の形相《ぎょうそう》で盛永《もりなが》をにらんだ。

ここで、雅《みやび》がすっと立ち上がり、腰に差した刀の鞘《さや》に左手を掛けた。

「ならばこのわたしが、信輔《のぶすけ》様に成り代わり、お前を成敗いたす！」

言うが早いか、雅《みやび》はダッと駆け出し、盛永《もりなが》の目前で抜き打ちを放った。

盛永《もりなが》は、俊敏に飛び退いて雅《みやび》の刀をかわす。

盛永《もりなが》に踏みつけられていた杖《じょう》が自由になり、俺は信輔《のぶすけ》に駆け寄って、雀憐《じゃくれん》と一緒に彼を一旦部屋の端に移動させた。

雅《みやび》は、疾風のような太刀ゆきで盛永《もりなが》を攻め立てる。

しかし、盛永《もりなが》はそのことごとくを刀で受け止め、体さばきでかわした。

「おなごにしては、なかなかやるな！　されば、次はこちらから！」

盛永《もりなが》はそうがなり立てると、一転して反撃に移った。

雅《みやび》の太刀ゆきも速かったけれど、盛永《もりなが》のそれはさらに上回っていた。

右斜めから、真横から、下から、舞うように繰り出される斬撃を、雅《みやび》は受け止めるのに精一杯だ。


「うおーーーーー！」

俺は、雅《みやび》と挟み撃ちするべく、盛永《もりなが》の背中に突進した。

盛永《もりなが》の視線が前後に動き、雅《みやび》への攻め立てがほんのわずか緩んだように見えた。

俺は、杖《じょう》を上段に構え、盛永《もりなが》の脳天に一撃を加えようとした。

やれる！　脳天とはいかなくても、肩や首を強打するだけでも、奴には隙が生まれる。

そこを雅《みやび》が斬り返してくれれば！

しかし、そうは問屋がおろさなかった。

行灯《あんどん》が一つしか灯っていない薄暗い室内で、俺は床の割れ目につまずいて派手にすっころんでしまったんだ。

盛永《もりなが》は、俺が転んだのを音だけで悟ったのか、雅《みやび》への打ち込みをますます激しくさせる。

猛烈な斬撃を受け続け、雅《みやび》にも疲れが出始めているのか、体の動きが徐々に鈍くなってきている。これ以上長く、彼女は持ち堪えられそうにない。

転んではいても、俺は盛永《もりなが》にかなり接近はしていた。

脳天や肩は無理でも、足なら！

俺は横になったまま、右手に持った杖《じょう》を勢い付けて横殴りに振った。

盛永《もりなが》はこっちに背中を向けているのに、気配を察したのか、杖《じょう》が奴のスネを打ち付ける寸前に跳んで避けた。

奴が刀を振りかぶって跳んだ瞬間に、隙ができた。

雅《みやび》はこの隙を逃さず、大きく踏み込んで刀を下からすくうように斬り上げた。

「うおっ！」

雅《みやび》の刀は、盛永《もりなが》の左脇から胸を切り裂いた。

この一撃は、致命的と言っていいだろう。

それでもこの男の凄まじい生への執念が、どうにか体を動かした。

右手に持った刀でまだ威嚇《いかく》しつつ、よろめくように壁にもたれた盛永《もりなが》は、掛けてあった行灯《あんどん》をもう片方の手で取った。

俺は立ち上がり、杖《じょう》を両手で構え直して、雅《みやび》の横に並んだ。

「高杉《たかすぎ》様、一度ならず、二度までもお助けくださり……」

雅《みやび》が、盛永《もりなが》から目線を反らすことなく言った。

「何言ってるの。一度や二度じゃないんだよ、お互い」

「えっ？……」

「上野《こうずけ》の九尾山城《くおやまじょう》でも、瀬戸内の九頭竜丸《くずりゅうまる》の中でも、日向の縣浜城《あがたはまじょう》でも、そして、〝幽霊船〟を追う船上で俺が背中を斬られた時も」

「ですから、私はあなたを覚えて……」

「君が覚えていなくても、あれから俺は一日だって忘れたことがない。だって、ずっと袖《そで》を通し続けてるんだよ、君が俺のために仕立て直してくれた小袖《こそで》を。君の身代わりの品のように思って！」

「小袖《こそで》？……私が…仕立て直した……？」

ほんの一瞬、雅《みやび》の視線が俺の胴丸《どうまる》の下から見える茶色の小袖《こそで》に泳いだ。

前を向いたままの雅《みやび》の眉間《みけん》に、しわが生じている。

やがて、雅《みやび》が何かを言おうとした、その時、俺たちに刀を向けて対峙している盛永《もりなが》が、足をふらつかせながら奥へと移動を始めた。

積み上げられている荷物に背中を押しつけた盛永《もりなが》は、刀と行灯《あんどん》を持つ上半身を固定させ、ストンと腰を下ろした。

その矢先に、有貴姫《ゆきひめ》、沙希《さき》、風葉《かざは》が部屋に飛び込んできた。

「高杉殿《たかすぎ》、大事ありませぬか！」

「高杉氏《たかすぎ》、味方が優勢だ！　敵は浮き足立っているぞ！」

「所司代《しょしだい》の兵も加わりました。間もなく、屋内を鎮圧できましょう！」

「みんな、ありがとう。こっちは大丈夫」

俺は、盛永《もりなが》に向かって一歩前に出た。

「聞いただろ。もうこれまでだ。観念して、降伏するんだ」

盛永《もりなが》は、フンと鼻で笑った。

「この傷では、投降したとて、もう長くはない。ならば、ここで死に花を咲かせるまでよ」

「死に花だと？」

盛永《もりなが》は、行灯《あんどん》を床に置き、背後の荷物に掛けてあるムシロの端を引っ張った。

山積みされていたのは、円筒形の木の樽《たる》だ。

「これは……火薬樽《たる》！　この部屋は、火薬庫なのか！」

「そうだ。本来は、京の町を焼き尽くすために用意したのだが……。一度に爆発させれば、この建物など跡形もなく吹っ飛んでしまうであろう」

そこへ、血のりの付いた刀を下げた信繁《のぶしげ》も、荒い息をさせて入ってきた。

「皆、ここにいたのか……！！」

奥にある火薬樽《たる》の山を見て、信繁《のぶしげ》も絶句する。

盛永《もりなが》は、和紙で覆われた行灯《あんどん》の枠を外し、一番下の樽《たる》と樽《たる》の間から引っ張りだした紐《ひも》を火皿に近付けた。

ジリジリジリ……。

紐《ひも》に燃え移った炎が、火花を散らしながら燃え進んでいく。これは、導火線！

火を踏みつぶそうと前に出た俺を、盛永《もりなが》が刀で牽制《けんせい》する。

「そう容易《たやす》くは、火を消させぬ」

盛永《もりなが》は、ほくそ笑んだ。

「もう時がない、逃げろ！　逃げるのだ！」

そう叫んだ信繁《のぶしげ》が、信輔《のぶすけ》を背負い、有貴姫《ゆきひめ》、沙希《さき》、雀憐《じゃくれん》を出口へ押しやる。

一番遠くにいる俺の腕を、雅《みやび》がぐいとつかんだ。

「あなたも早く！」

俺たちは、無我夢中で火薬庫から飛び出した。

「逃げろ！　爆発するぞー！　すぐに建物から出ろーーーー！」

信繁《のぶしげ》の呼び掛けに、屋内でまだ戦っている敵味方が驚いて屋外へ逃げる。

所司代《しょしだい》の各部隊が突入した際に、建物の周囲を覆う板壁は所構わず引き倒されていた。

屋内から逃げようとする人の中で、最後尾にいた俺と雅《みやび》が回廊《かいろう》から地面に飛び下りようとする寸前だった。


ドドドーーーーーーーン！！！

建物の中心部で大爆発が起こり、強烈な爆風が俺たち二人を背中から襲った。

俺は、雅《みやび》をかばおうと彼女の背に覆い被さった格好のまま吹き飛ばされた。

気を失っていたのは、ほんのわずかの時間だろう。

俺の体全体に木くずや板切れが乗っかっていて、体を起こすとまだ爆風で起こった土煙が舞っている。

敵の隠れ家があった場所に、その姿形は跡形もなく、広範囲に飛び散った燃えがらがあちらこちらで赤くなっている。

俺の体の下には、雅《みやび》の背中があった。

俺は、直ぐさま体を横にずらし、彼女の肩を揺すった。

「雅《みやび》さん！　しっかり！　しっかりするんだ！」

目をしばたたかせた雅《みやび》が、俺を見て頬《ほお》を緩《ゆる》めた。

「ケガはしてない？　痛いところはない？」

「はい……あなたのお陰で……」

都で再会して以来、俺と雅《みやび》がこれほどの至近距離で見つめ合うのは初めてだった。

こうしていると、俺の目の前にいるのは、やっぱり雅《みやび》なんかじゃなく、麗《れい》――三好麗《みよしれい》でしかありえない。それなのに……。

俺と雅《みやび》が黙ったまま目を合わせていると、いくつかの松明《たいまつ》が近付いてきた。

「いたーーー！　旦那様ーーーーー！」

「ああ、あんなところに！　高杉《たかすぎ》氏だけじゃなく、雅殿《みやび》もいるぞ！」

松明《たいまつ》を持ってりよと沙希《さき》がこっちにやってくると、その明かりを目印に有貴姫《ゆきひめ》、風葉《かざは》、信輔《のぶすけ》が集まってきた。

風葉《かざは》に肩を貸してもらっている信輔《のぶすけ》が、地面に腰を付けたままの雅《みやび》に手を差し出す。

「さあ、わしの手に捕まれ。無事で何よりであった」

「はい……かたじけのうございます」

立ち上がる時、チラッと俺を見た雅《みやび》の目が、どことなく寂しそうに見えた。でもそれは、俺の思い過ごしなんだろう。

俺は、有貴姫《ゆきひめ》に助け起こしてもらい、前田玄以《まえだげんい》のいる本営に向かった。


俺たちによる奇襲効果は絶大だったらしく、敵は大混乱を起こして信繁《のぶしげ》たちの斬り込みにまともな抵抗ができなかったらしい。

敵は信繁《のぶしげ》たちに対して、鉄砲や弓を捨てて大慌てで立ち向かわざるを得ず、所司代《しょしだい》の部隊が突入してくると、数に勝る味方の勝利がほぼ確定した。

爆発が起こる前の段階で手向かっていた敵は、せいぜい三〇人くらいだったようだ。

そのほとんども、すでに捕縛された。

信繁《のぶしげ》や、源之丞《げんのじょう》たちは、他に逃げ隠れしている者がいないか、周辺を探索している。

「いやあ、高杉《たかすぎ》殿、ご苦労にござった。真田《さなだ》殿をはじめ、淀城《よどじょう》の騎馬兵の面々の活躍もあって、事件は一件落着でござる。

首領の斎藤九郎右衛門《さいとうくろうえもん》が爆死し、主立った幹部連中も斬り死にしたため、此度《こたび》の全容解明には少々時間もかかろうが、とにかく良かった、良かった」

俺たちを出迎えた玄以《げんい》の喜びよう、と言ったらない。

盛永《もりなが》を中心とする明智《あけち》の残党については、確かに解決した。しかし、事件はまだ終わっちゃいないんだ。

「高杉《たかすぎ》殿、浮かぬ顔じゃが、まだ何か?」

「前田《まえだ》様、盛永《もりなが》たちの一党と、〝鬼火猩々《おにびしょうじょう》〟とは、仲間同士ですが、別物。俺たちは、からくりを使って都を騒がしていた張本人をまだ捕まえていないんです。

都を火の海にするというのが盛永《もりなが》たちの役目だったのなら、〝鬼火猩々《おにびしょうじょう》〟の役目はなんだったんでしょう？　ただ単に、都人を恐れさせるためだけに公家《くげ》や役人の襲撃を繰り返していたとは思えない。その謎が解ければ……今回の事件の全貌《ぜんぼう》が見えてくるはずなんですが」

「〝鬼火猩々《おにびしょうじょう》〟が盛永《もりなが》の配下でないというのは、爆発後、皆で高杉《たかすぎ》殿を探している最中に左府《さふ》様からもお聞きしたが、都を焼き、所司代《しょしだい》を襲うなどという大それたマネ以外に、別の役目と言うても、それらと匹敵するどのような悪行がありましょう？　〝鬼火猩々《おにびしょうじょう》〟は都の人心を惑わすため、盛永《もりなが》に雇われた盗賊か何かの仕業《しわざ》ではないのでしょうかのう？」

「それならいいんですが……俺には、どうにも引っ掛かって……」

「**あ〜〜〜〜〜〜っ！**」

考え込んでる最中だというのに、雀憐《じゃくれん》が素《す》っ頓狂《とんきょう》な声をあげた。

「どうしたのです、雀憐《じゃくれん》殿？」

風葉《かざは》が、優しいお姉さんみたいに尋ねた。

「ほらほら、この毛皮、もう全然光ってへんで〜」

雀憐《じゃくれん》が手に持って広げているのは、俺たちが押収して、ここまで持ってきていた〝鬼火《おにび》猩々《しょうじょう》〟のリバーシブル毛皮だ。

「あら、まことに」

確かに、青白く光っていた片側の面が、ただの普通の毛皮になっている。

「光は消えているというのに、臭いだけは全然消えないじゃないか。全く何を塗りつけてるんだろうな。この魚の腐ったような臭いといったら……」

沙希《さき》が、鼻をつまみながら毛皮をのぞき込んだ。

魚の腐ったような……その言葉が、俺の頭の中をグルグルと回り出した。

魚介類で……光る……夜光虫……ウミホタル!?

「高杉《たかすぎ》殿、何か思い付いたのじゃな?」

呆けた顔をしてる俺に、有貴姫《ゆきひめ》が嬉しそうに声を掛けた。

「うん、ウミホタルだよ!」


「「「「「「**ウミホタル?**」」」」」」


みんなは不思議そうに俺を見てるけど、軍事関係の本で読んだことがある。

「夜光虫のウミホタルさ。乾燥させたウミホタルに水分を加えると、発光するんだよ。発光するのはだいたい三〇分——あっ、いや、小半刻《こはんとき》くらいだったかな。

　これって、第二次大戦の日本軍も南方戦線で使ったっていうことだから、実際に使用できるのは間違いない！」

「ダイニジタイセン？　のナンポウセンセン？　とは何のことじゃ？」

「あっ、それは、本題に関係ないことだから……」

　つい余計なことまで口を滑《すべ》らせてしまった。有貴姫《ゆきひめ》の素朴な疑問に対してはどうにかごまかし、俺は話を続けた。

「〝鬼火猩々《おにびしょうじょう》〟を演じてた張本人は犯行の直前、ウミホタルの粉に水を加えてドロドロにした物を毛皮の表全体に塗って、着てたんだよ。魚の腐ったような臭いがしてるのは、そのせいだ。海で獲ってきたウミホタルを、どこかで乾燥させて……」

　ここで、俺はそれまでずっと見過ごしていた事柄に思い当たった。

「高杉《たかすぎ》氏、海で獲るといったって、ここは京だぞ。川や湖の物なら、簡単に手に入るだろうが、海となると……。それとも、湊《みなと》のどこかで粉に加工した物を都まで運んだってことか？」

「粉にした物を都に運ぶってのも有りだけど……沙希《さき》さん、いつも新鮮な海の魚を飼っておけるように海水を入れてる生け簀《いす》、俺たちこの目で見てるよね」

「生け簀《いす》？　と言えば、信輔《のぶすけ》様のお屋敷で……って、えーーーーーー!?」

信輔《のぶすけ》の屋敷の台所を知らない玄以《げんい》以外、この場にいる全員が、思いも寄らない推論に動揺した。

「高杉《たかすぎ》、もしや……あやめが……」

相当なショックを受けているのか、信輔《のぶすけ》の声は震えている。

「信輔《のぶすけ》様、そうです。あの、あやめさんです。まず、盛永《もりなが》の口利きで屋敷にやってきた、ということからして、奴らの仲間であることは明白です。

昨晩、俺は料理を作ることになって、あの生《い》け簀《す》の中を見せてもらおうとした。ところが、あやめさんは、魚が目を覚ますからと言って、止めました。

あの時は気にもとめず彼女に従いましたが、少しぐらいならどうってことない話ですよね。でも、彼女にしてみれば、あの中をどうしても俺たちに見せられなかった。恐らく生《い》け簀《す》の中には、青白く発光する大量のウミホタルがいたんでしょう。

あやめさんは、あの台所で、新鮮なウミホタルの蛍光塗料を自由に作っていたんです。彼女に従っている下女たちも、もちろん全員仲間でしょうね」

「あやめは、ウミホタルの粉を作る係だったのか？」

「いや。俺の推理では、彼女こそが〝鬼火猩々《おにびしょうじょう》〟！」

この俺の言葉は、一座にさらなる衝撃《しょうげき》を与えた。

「俺も今、思い出して気付いたことなんです。昨夜、お屋敷で食事中、あやめさんは包丁さばきを披露するため広間に来られました。

その時、彼女が雀憐《じゃくれん》に対して掛けた言葉。恐ろしい魔物を直に見たというのに、雀憐《じゃくれん》は毅然《きぜん》としてる。だから、自分も負けないよう、腕によりを掛けて料理をする……そんな風に彼女は言ったんですよ」

「雀憐《じゃくれん》の度胸の良さを誉めたのであろう？　それのどこがおかしい？」

「信輔《のぶすけ》様は、あの時俺たちについて、〝鬼火猩々《おにびしょうじょう》〟退治に挑む朋輩《ほうばい》である、とあやめさんに紹介したんです。

普通、恐ろしい魔物退治に小さな子を同道なんてさせません。俺たちも当初は雀憐《じゃくれん》を二条第《じょうだい》に置いてきたんですが、抜け出してきてやむなく。

なのに、あやめさんは、雀憐《じゃくれん》も実際に〝鬼火猩々《おにびしょうじょう》〟退治に加わり、その姿を直に見たとまで口にしたんです。これは、その現場に彼女がいて、俺たちを見ていた証拠。

それに〝鬼火猩々《おにびしょうじょう》〟に扮するための毛皮の大きさから察して、着ていたのは並の背丈の男だと思っていたんですが、犯人が男だという思い込みを捨てれば、背の高い女だって当てはまる。

あやめさんは、結構背が高いですよね。そう考えると、下京《しもぎょう》で十六夜《いざよい》さんたちの一行が襲われ、助けに入った信輔《のぶすけ》様に、奴らが反撃せず引き揚げた理由もわかります。

武士の姿をしてはいても、奴らにはすぐ信輔《のぶすけ》様だとわかったでしょう。都での隠れ蓑に使っている屋敷の主《あるじ》を、殺《あや》める訳にはいかないですから」

「何たること……あれだけ追い続けてきた獲物が、わしの屋敷に……しかも、日々顔を合わせておったあやめとは……」

信輔《のぶすけ》は、ガックリとうな垂れる。

「高杉《たかすぎ》様、となれば、あやめなる人物、ただのおなごではありませぬな」

「うん。多分、風葉《かざは》さんと同じ……くノ一」

「こうはしておれぬ。すぐにも屋敷へ戻ってあやめを問い詰めねば……」

信輔《のぶすけ》が歩きだそうとして、またもや激痛で屈《かが》み込んだ。

「信輔《のぶすけ》様、もう無理は禁物です。後は、俺たちにお任せください」

そう言って俺は、玄以《げんい》に歩み寄った。

「前田《まえだ》様、至急兵士を信輔《のぶすけ》様のお屋敷へ。俺は一足先に向かいますから、馬を貸してもらえませんか？」

「拙僧の討たれた配下が乗ってきた馬がありましょう。それを何頭でも使うてくだされ」

「ありがとうございます！　とは言っても、俺は自分で馬に乗れないんですけど……」

それを聞いていた雅《みやび》が、信輔《のぶすけ》の背中に手を当てた。

「代わりにわたしが参ります。ですから信輔《のぶすけ》様は、どうか安静に」

「雅《みやび》……」

雅《みやび》は、つかつかと俺の隣に来るなり、腕をつかんだ。

「わたしの後ろに乗りなさい。急ぎましょう！」

ぐいぐい俺を引っ張っていくあまりにも素早い行動に、女の子たちもつい先を越された。

「こりゃ、雅《みやび》！　勝手に何をするか！」

「何で、雅《みやび》殿が高杉《たかすぎ》氏を乗せるんだ！」

「うぅ……乗れない……馬……乗せて…風葉《かざは》ちゃん」

「りよ殿ったら……」

「え〜〜っ？　あては〜〜？　あてはどないしたらええの〜〜〜〜！」

後ろから雅《みやび》を片手で抱くようにつかまり、杖《じょう》を腰に差して、もう片方の手で松明《たいまつ》を掲《かか》げる俺の馬を先頭に、有貴姫《ゆきひめ》と沙希《さき》、風葉《かざは》とりよが乗る二頭の馬が、闇の中を走った。

後ろで手綱《たづな》を取っているのは、有貴姫《ゆきひめ》と風葉《かざは》だ。

雀憐《じゃくれん》は馬に乗せられない。必然的に、信輔《のぶすけ》と一緒に待機役だ。

そしてこの後、近衛《このえ》家の屋敷に向かった俺たちは、衝撃《しょうげき》的な事実を知ることになる――。

近衛《このえ》家の玄関で馬を下りた俺たち六人は、門番を叩き起こし、諸大夫《しょだいぶ》の針小路長正《はりこうじながまさ》を呼んでもらうと同時に、雅《みやび》の先導で台所へと真っすぐに進んだ。

無人の台所は真っ暗だ。

門番に借りた提灯《ちょうちん》で、台所に備え付けられている行灯《あんどん》に明かりを灯《とも》してから、俺は隅に置かれた大きな樽《たる》の蓋《ふた》を取った。


「「「「うわ〜〜〜！」」」」


樽《たる》の中をのぞき込んだ女の子たちが、その美しい光景に思わず声をあげた。

丸い水面には、隙間なく幻想的な青白い光が広がっている。

「これが、生きたウミホタルなのじゃな……」

「あたしも海では数え切れないくらい見てきたが、よもや塗料に使えるなどとは思いもよらなかったなぁ」

「下手人……あやめ……言ったとおり……旦那様の……」

「となれば、あやめに仕えておった下女五人も、一味。全員が、われ同様くノ一！」

「同じ屋根の下で何日も暮らしながら、あのおなごたちの本性に全く気付かなんだとは、わたしの不覚です……」

やがて、寝ぼけ眼《まなこ》の長正《ながまさ》があたふたとやってきた。

「斯様《かよう》な刻限に、一体何事でございますのや？　ひょっとして、宮様《みやさま》の身に何か？」

「針小路《はりこうじ》様、あやめさんたちの寝所に案内してください！　すぐに！」

「何ですと!?」

手短に経緯を説明しつつ、俺たちは台所方の六人が使っている部屋に案内してもらった。

六人の部屋は……もぬけの殻だ。

「そんなアホな……日暮れには夕餉《ゆうげ》の支度や後片付けをしとったのに……あやめらは、どこへ行ってしもたんや……」

長正《ながまさ》は、この状況がまだ信じられず、おたおたするばかりである。

りよが持つ提灯《ちょうちん》の明かりで、あやめの部屋を調べていた風葉《かざは》が、置いたままの大きな柳行李《やなぎこうり》から重そうな布袋を引っ張り出してきた。四、五キロはありそうな袋だ。

中には、灰色の粉が大量に入っていた。

風葉《かざは》は、自分の人差し指を少しなめ、粉の中に入れてから、俺たちの前に突き出した。

風葉《かざは》の人差し指の先が、ほんのり青白く光っている。

「これがウミホタルで作った蛍光塗料の粉か！　台所かどこかで作った物を、自分の部屋に隠していたんだな」

「それにしても逃げ足の速い奴らだ。見つけたら、あたしが容赦しなかったんだけどな」

「高杉殿《たかすぎ》、これからどうする？　奴らの逃げ場所など見当も付かぬぞ」

「本当に逃げた……のかな？」

野望が打ち砕かれたと悟り、逃げ去ってしまった……とは、俺には思えない。

「どういう意味じゃ？」

「盛永《もりなが》が言い残した言葉さ。〝鬼火猩々《おにびしょうじょう》〟は、同志ではあるけど、まことの仲間ではない。都の周辺で一揆《いっき》や反乱を起こし、徳川《とくがわ》・織田《おだ》連合軍を呼び込むという大きな筋書きは共有してるとしても、あやめたちには、都の人心を惑わすという以外に、盛永《もりなが》とは異なるもっと大きな役目を担ってたんじゃないだろうか」

「わたしもそう思います。〝かまいたち〟役の男たちは、この屋敷に出入りしていた浪人だと信輔《のぶすけ》様は申されていましたが、あの身のこなしや剣の腕からして、浪人に扮していた忍びというのがより正確。あやめの配下ということになりましょう。

くノ一であれば、下女役の四人は一体何の役目を？　まさか全員が諜報役とは考えられませぬ」

「じゃ……戦うの……専門？」

「確かに、固まって行動してるとなると、りよさんが言ったように戦さ忍びってことも」

「かと言うてのう……〝鬼火猩々《おにびしょうじょう》〟がしでかしてきたのは、関白殿下《かんぱくでんか》に近い公家《くげ》やら役人やらばかりの襲撃であろう。

高杉《たかすぎ》殿がいつしか言うたように、公家《くげ》というのは臆病な生き物ゆえ、かの連中を震え上がらせたことくらいしか……」

「それだよ！　有貴姫《ゆきひめ》様！」

菊亭《きくてい》家の力者《りきしゃ》に扮して有貴姫《ゆきひめ》と同じような話をしていた時、大きなヒントをもらった気がした。あの後、すぐに〝鬼火猩々《おにびしょうじょう》〟が現れて、うやむやになってしまったんだけど。

「〝鬼火猩々《おにびしょうじょう》〟は都の庶民には一切手を掛けなかった。それは、関白殿下《かんぱくでんか》の治世が間違っているために魔物が出現したんだと世間に広め、民衆の支持を得ることも目的の一つだろうけど、最大の狙い目は公家《くげ》！　公家《くげ》、ひいては朝廷《ちょうてい》を味方に付けることなんだよ！」

「「「「**朝廷《ちょうてい》!?**」」」」

女の子たちと長正《ながまさ》は、固唾《かたず》を呑《の》んで俺の話に聞き入っている。

「公家《くげ》とは、臆病な生き物。針小路《はりこうじ》様を前にして悪いですが、大多数の公家《くげ》の皆さんはそうですよね。信輔《のぶすけ》様みたいな公家《くげ》は、ある意味特別でしょう。最初の犠牲者は、公家《くげ》の白河時通《しらかわときみち》様と、護衛の青侍《あおざぶらい》の二名。それ以降に襲われたのは、公家《くげ》に仕える諸大夫《しょだいぶ》、青侍《あおざぶらい》、京都所司代《しょしだい》の役人、内裏《だいり》の警固役、そして、大坂城から十六夜《いざよい》さんと雅《みやび》さんを護衛してきた武士たちで、公家《くげ》は直接被害に遭いませんでした。

でも、公家《くげ》を恐怖で震え上がらせるには、これで十分だったでしょう。襲われているのが、殿下《でんか》と親しい公家《くげ》、もしくは殿下《でんか》の意を受けている部下ばかりだというのは、権力者の勢力分布に敏感な公家《くげ》たちなら、すぐにわかったはず。殿下《でんか》を支持すれば、白河《しらかわ》様と同じように命を奪われる……殿下《でんか》と親しかった公家《くげ》の大半がそう感じたんじゃないでしょうか。

となれば、次に起こす行動としては、表向きはこれまでどおりに振る舞いつつ、殿下《でんか》とは距離を置くこと。元々、武家の殿下《でんか》が関白《かんぱく》に就任することを快く思っていない公家《くげ》たちもたくさんいただろうから、今の朝廷《ちょうてい》は殿下《でんか》にとって四面楚歌《しめんそか》だ」

「でも、殿下《でんか》にとっては、そのくらいどうってことないんじゃないのか？　圧倒的な武力も持ってるんだから」

沙希《さき》が、首を傾げる。

「それは殿下《でんか》にとってじゃなくて、新たに都を制圧する勢力にとって必要なんじゃないか」

「あっ、そうか！」

「鎌倉幕府も室町《むろまち》幕府も、政治の実権は幕府が握っていたけれど、形式的には朝廷《ちょうてい》を上に置いて二つの組織が並び立っていた。朝廷《ちょうてい》と帝《みかど》の存在は、それほどこの日《ひ》の本《もと》にとって高貴で神聖なものだったということさ。

盛永《もりなが》たちの企《たくら》みがうまくいき、徳川《とくがわ》・織田《おだ》連合軍が上洛した場合、真っ先にやらなくちゃいけないのは、朝廷《ちょうてい》からの支持を取り付けることなんだから。それさえできれば、朝《ちょう》廷《てい》から殿下《でんか》の追討令を取り付けるのだって、簡単だよ」

「なるほどのう〜。うむ、さすがは高杉《たかすぎ》殿じゃ！」

有貴姫《ゆきひめ》が、感心したように何度もうなずく。

「し、しばしお待ちください」

雅《みやび》が、何かに気付いて困惑気味に口を開いた。

「さほどに大切な内裏《だいり》も、盛永《もりなが》が洛中《らくちゅう》全域に火を掛けたならば燃えてしまいますが……」

そりゃそうだ。いくら内裏《だいり》以外の場所に火を付けたって、こんなに木造家屋《かおく》が密集してるエリアなら、すぐ類焼してしまう。

俺は、大事な点を見落としていた！

「内裏《だいり》が焼ければ、朝廷《ちょうてい》の頂点に立つ帝《みかど》も焼け出されてしまう。まさか、奴ら、玉座を移動させようとしてるんじゃ！」

天皇の座る椅子、つまり帝《みかど》の居場所を一旦どこかに移す……秀吉《ひでよし》の手元から遠ざけ、徳《とく》川《がわ》・織田《おだ》連合軍で囲うために……それは、十分考えられる。

幕末に新撰組が尊王攘夷《そんのうじょうい》派志士を襲撃した池田屋事件の発端は、志士が御所《ごしょ》に火を付け、その混乱に乗じて天皇を長州（山口県）へ動座させようとしていたからだったっけ。

「あやめさんたちが、盛永《もりなが》と時を同じくして行動を起こそうとしているのなら……」

「一郎太《いちろうた》様、内裏《だいり》へ急がねばなりませぬ！」

雅《みやび》の一声とほぼ同時に、俺たちは部屋を飛び出した。


近衛《このえ》邸から内裏《だいり》へは、南へ二〇〇メートルちょっとしか離れていない。

俺たちは、ありったけの力で走った。

内裏《だいり》の北門は開いていて、内側で門番らしい二人の兵士が倒れていた。

内裏《だいり》の中は、いくつもの殿舎《でんしゃ》が立ち並んでいる。

「帝《みかど》が寝ておられる場所って、どこなんだろう？」

「われも、内裏《だいり》の中までは潜入したことがないのですが、普段は清涼殿《せいりょうでん》なる殿舎《でんしゃ》でお休みのはず。その場所までは……」

完全無欠のくノ一というイメージがある風葉《かざは》でも、内裏《だいり》の建物配置までは頭の中に入っていないらしい。


「**うわーーーーーっ！**」

「**ひえーーーーーっ！**」


それほど遠くない場所で、複数の叫び声がした。その方角に違いない。

「あちらでございます！」

「行こう！」

飛び出していく風葉《かざは》に続いて、俺たちも懸命に駆ける。

東の空が、薄い紫色に染まりつつある。もうすぐ夜明けだ。

風葉《かざは》がまっしぐらに進んでいった殿舎《でんしゃ》の庭で、数人の警固兵が斬られて息絶えていた。

ここが清涼殿《せいりょうでん》に違いない！

殿舎《でんしゃ》の外廊下に人の気配がした。

「お前ら、天子《てんし》様や御子《みこ》様になんちゅう無礼を働くのや！　お離しせよ！」

「こないなことをして、許されると思うでないぞよ！」

廊下には、いくつもの釣灯籠《つりとうろう》が吊るされ、辺りを明るく照らしている。

部屋の中から、紺色の忍び装束に身を包んだ六人が、五人の公家《くげ》らしき人物を拘束《こうそく》して出てきた。一人は白髪の老人で、一人は中年、一人は少年。罵声を浴びせている二人は二〇代くらいだ。

「天子《てんし》様や御子《みこ》様」ってことは、あの老人が、時の帝《みかど》、正親町《おおぎまち》天皇！　そして、中年が息子の誠仁親王《さねひとしんのう》で、少年が孫の和仁親王《かずひとしんのう》だ！　そうすると、若者の二人は、天皇の侍臣《じしん》だろう。

「お前たちの勝手にはさせないぞ！」

俺が発した大声に、六人の敵がこちらを振り向き、動きを止めた。

六人とも、頭巾を付けて目だけを出しているから、顔はわからない。

「近衛《このえ》家にいた、あやめさんたちですよね！　もう、あなたたちの目論見は潰えました！　内野《うちの》に集結していた明智《あけち》の残党は壊滅し、盛永《もりなが》は死んだ！

京都所司代《しょしだい》を無力化し、都を炎上させることが、協力する一揆《いっき》勢や反乱分子への蜂起《ほうき》の合図になってるんでしょ？　一揆《いっき》や反乱が起きなければ、徳川《とくがわ》・織田《おだ》連合軍も動かない！　あなたたちの負けです！」

六人のうち、背中に刀ではない長い棒を斜め掛けした一人が、一歩前に出て、鼻と口を覆っている布を下げた。下ぶくれの丸顔！

あやめだ！　ということは、残りの五人は台所にいた下女たち。ここにいる六人は、全員がくノ一！

「高杉一郎太《たかすぎいちろうた》、よくぞ見破ったな。されば、台所にあったウミホタルや、あたしの部屋に隠しておいた夜光薬も見つけたのであろうな」

あやめが、冷ややかな目を俺に向けた。

「ああ、君たちのからくりは、全部解き明かした！」

「ふふふ。威勢の良いこと。なれど、帝《みかど》にはいずれにせよ、ほとぼりが冷めるまでご動座いただく。盛永《もりなが》がそうも容易《たやす》う敗れ去るとは誤算であったが、わざわざ都に火をかけずとも、帝《みかど》のご動座が内外に知れ渡れば、即座に一揆《いっき》勢は蜂起《ほうき》しよう。秀吉《ひでよし》に滅ぼされた大名・豪族の残党たちも、時を置かず各地で同調するはず。さすれば、徳川《とくがわ》・織田《おだ》の軍も動く。同じことなのだ」

やっぱり、そうだった。とすれば、こいつらは、帝《みかど》をどこへ移そうと？

俺は、都周辺の地理を頭の中に描いて推測した。

「ひょっとすると……比叡山《ひえいざん》の延暦寺《えんりゃくじ》か！　信長《のぶなが》公の叡山《えいざん》焼き討ちから、もう十数年は経っている。僧房もいくつかは再建されてるかもしれないし、都から近いうえに守りやすい。各地で一揆《いっき》と反乱が続発すれば、関白《かんぱく》殿下も大軍を催して叡山《えいざん》を攻める余力はなくなってしまう」

「ふん、小賢しい！」

あやめは、肯定も否定もしないけれど、この言い方だと多分図星だ。

「巫女《みこ》の十六夜《いざよい》さんも一緒に連れて行く気か？　彼女はどこへやった？」

「ああ、あの巫女《みこ》か。あのおなごは別格じゃ。何しろ、霊験《れいげん》あらたかな法術を使えるのだからな。もうとっくに、よそへ移しておる」

「何てことを！　十六夜《いざよい》さんをどこへやった！」

「さあのう……あの巫女《みこ》は、今頃どの辺りにおるかのう」

あやめは、ニヤニヤしながらこっちをからかっている。

「そもそも、君は織田《おだ》のくノ一なのか？　それとも徳川《とくがわ》の？」

「どちらじゃろ？　ふふふ、そのどちらでもないかもしれぬぞ。さて、あたしとしたことが、おしゃべりが過ぎた。そろそろ行かせてもらおうか」

「ふざけるな！　黙って行かせる訳ないだろ！」

俺が杖《じょう》を構えると同時に、女の子たちも一度に身構える。

「全く面倒な衆よ。されば……」

あやめは、侍臣《じしん》の一人の胸ぐらを右手でつかんで前に出し、同じ腕でひらりと抜いた腰の忍び刀を彼の胸に当てた。

「高杉《たかすぎ》とその配下の者ども、得物《えもの》を捨てよ。さもなくば、この男の胸をひと突きする」

「ひえ〜〜〜！　お助けを〜〜〜〜！」

侍臣《じしん》は、顔面蒼白となって立ちすくむ。

「何たる卑怯者じゃ！」

「鬼……悪魔ーーーー！」

有貴姫《ゆきひめ》やりよの悪口など、あやめにはこれっぽっちも効き目がない。

「卑怯だろうとなかろうと、この戦国の世では、生き残った者こそが勝者。さあ、早う捨てよ！　帝《みかど》や親王《しんのう》には指一本触れぬが、侍臣《じしん》の一人や二人はいつでも殺すぞ！」

あやめが、侍臣《じしん》に刀をさらに押し当てたのを見て、俺たちはやむを得ず武器を地面に捨てた。

「お夏、あやつらを全員縛れ」

あやめが、刀を向けていた侍臣《じしん》を帝《みかど》たちの方へ蹴り飛ばしてから、傍《かたわ》らの仲間に指示した。

「この場にて殺さぬので？」

「あのおなごどもの容貌《ようぼう》を見よ。いずれも、この都にもそうそう見かねぬ美形ぞろいじゃ。お頭《かしら》が喜ばれよう。用なしとなれば、女衒《ぜげん》に売り払えばよい。

おのこの方は、この若さで秀吉《ひでよし》の旗本に取り立てられた変わり種。この後、何かに使えるかもしれぬ。六人ほどなら、用意した荷車に乗せられるであろう？」

「ははっ！」

お夏と呼ばれたくノ一は、他の三人に目配《めくば》せして庭に下り、まず女の子たちから紐《ひも》で口に猿ぐつわをはめ、手足を縛り始めた。

「早うせい。もうそろそろ内裏《だいり》の東門に、帝《みかど》や親王《しんのう》に乗っていただく輿《こし》が着こう」

「今しばし！」

外廊下からあやめに急かされ、お夏は他の三人に急ぐよう目配《めくば》せする。

有貴姫《ゆきひめ》、りよ、沙希《さき》、風葉《かざは》が縛られて寝かされ、続いて俺と雅《みやび》が縛られる順番になった。

シュルルルル！

突如、導火線に火の付いた白い球が、何個も庭に転がってきた。

バーーーン！　バーーーーン！　ババーーーーーーーン！！

球は次々と大きな音を立てて爆発し、もうもうと煙を吹き出す。

これは、鳥の子？　忍者が使用したという一種の煙幕弾で、和紙で作った鶏卵大の張り子球に、硝煙や発煙剤を詰めて点火する火器だ。

続いて、俺の周りにいるくノ一たちに、どこからともなく十字手裏剣が飛んできた。

くノ一らは、これを忍び刀で弾き、あるいは避けて、周囲を見回す。

今がチャンスだ！

俺と雅《みやび》はお互いの顔を見て、うなずき合い、地面に落としたそれぞれの武器を取り、前方へとがむしゃらに突き進んだ。

庭に立ち込めた煙の中から、いきなり出てきたような具合に外廊下へ跳び上がった俺は、あやめに対して杖《じょう》を振り下ろした。ひょいと避けたあやめは、素早く数歩下がる。

同じようにして外廊下に上がった雅《みやび》は、もう一人のくノ一との斬り合いを始めた。

あやめから帝《みかど》たちを切り離した俺は、彼女に目線を向けたまま、背中越しに呼び掛けた。

「帝《みかど》、親王《しんのう》、ここは我々にお任せを！　危ないので、早くどこか安全な場所にお隠れください！」

「うむ、何者かは知らぬが、よお助けてくれた。後は頼み申す」

しわがれた声。これは、侍臣《じしん》じゃない。じゃあ、正親町《おおぎまち》天皇が、自ら俺に？

「ささ、天子《てんし》様、親王《しんのう》様、こちらへ」

侍臣《じしん》が帝《みかど》たちを手引きしている声が、後ろから聞こえる。

あやめが、俺越しに視線をやり、悔しそうに地団駄を踏んだ。

「おのれ、小癪《こしゃく》なマネを！」

あやめは、片手で持つ忍び刀を右脇の下に構え、突っ込んできた。

刀身をかなり引いていて、俺からは見えない。

どこを狙ってくる？　脇か？　胴か？

「いやーーーーーーー！」

気合いを込めて繰り出された刀身は、俺の左足に殺到してきた。

刀の動きにどうにか反応し、下に向けた杖《じょう》で受け止める。

その瞬間にはくるりと回転させた刀で、右足を狙ってきた。

足狙いだ。足を斬って動けなくしてから、とどめを刺そうという気か。

そうはさせない。ブロックを続けながら、敵の隙を見つけて付け込まなければ。

足を狙った何度目かの斬撃を受け止めた後、あやめは狙いを上半身に変えるため、刀を上段に振りかぶった。

ここだ！

振りかぶった所を踏み込み、突くしかない！

俺は、杖《じょう》を縦に回転させ、杖先《じょうさき》と杖尻《じょうじり》を交互に返すことで連続して突きを見舞う「返《かえ》し突《づき》」を繰り出そうとした。

そのために、前にある手を縦に大きく回さなければならない。

今は、刀と同じように杖尻《じょうじり》に左手、一五センチほど前に右手がある。

その右手を、杖先《じょうさき》に滑らせながら、大きく振り上げた。

ガツン！

右手が天井から吊り下げられた釣灯籠《つりとうろう》にぶつかり、回転運動がストップした。

ウソだろ！！！

間髪《かんぱつ》を入れず、あやめの斬撃が落ちてくる。かろうじて受け止めた！　つもりだったのに、心の動揺が杖《じょう》の握り加減を甘くした。

俺の杖《じょう》は、あやめの刀身を弾いた代わりに、俺の手からも離れて廊下に転がった。

刀を引き戻したあやめが、刃を水平に向け、剣尖を俺の心臓からわずか数センチのところで止めた。

「生かしておけば、役に立つと思うたに。残念じゃのう……さらばじゃ」

そのまま刀を俺の心臓に突き入れようとするあやめに、人影が急接近してきた。

「お待ちなさーーーーーーーーーい!!」

雅《みやび》の一撃をきわどいところで受け止めたあやめは、サッと俺から離れ、間合いを取った。

この台詞！　これまで何度も俺を助けてくれた、麗《れい》の台詞！

俺をかばって、あやめとの間に割って入った雅《みやび》が、鋭く叫んだ。

「この方は、この方だけは、お前の如《ごと》き輩《やから》にかすり傷一つ付けさせせぬ！」

「えっ？　あの、雅《みやび》……さん？」

「わたしは……」

俺の問い掛けに、雅《みやび》は真っ直ぐ前を見つめたまま続けた。

「わたしは、麗《れい》。三好麗《みよしれい》です！　一郎太《いちろうた》様！　あなたをお守りできるのは、わたししかおりませぬ」

麗《れい》が――いや今ではもうはっきり麗《れい》と言って構わない。

その麗《れい》が、チラリと顔を俺に向け、目を細めてうなずいた。

「麗《れい》……さん……」

目の前のピンチを、忘れてしまうような言葉だった。

麗《れい》は……麗《れい》は、記憶を取り戻した！

いかん！　今はそんな場合じゃない！　麗《れい》は今、あやめともう一人のくノ一の二人を相手にしている。俺も早く杖《じょう》を取り戻して参戦しなければ、麗《れい》が危うい！

ピシュ――――――――――！

庭から飛んできた一筋の矢が、あやめと並んでいたくノ一の胸に突き立った。

「ぐっ！……不知火《しらぬい》様……お逃げくだされ……」

射られたくノ一は、あやめに向かってそう言い残し、倒れ伏した。

あやめというのは偽名……こいつの名は、不知火《しらぬい》！

霧のように広がった煙が晴れ、庭には二本目の矢を半弓《はんきゅう》に番《つが》いだりよ。

棒手裏剣を手に、こちらを見据《みす》えている風葉《かざは》。

周囲に、四人のくノ一の死体が転がってる。

さらに、まだ縛られている有貴姫《ゆきひめ》と沙希《さき》の紐《ひも》を解いているのは……白龍《はくりゅう》神社で再会した時の衣裳のままの紅《くれない》と段吉《だんきち》！　鳥の子を投げて、助けてくれたのは二人だったのか！

俺はすかさず杖《じょう》を拾い上げ、雅《みやび》……いや今では三好麗《みよしれい》、その人の隣に並んであやめに相対した。

「あやめさん……いや、不知火《しらぬい》というのが本当の君の名前なのか？　さあ、これでもう終わりだ。刀を捨てろ！」

縄を解いてもらった有貴姫《ゆきひめ》と沙希《さき》が、紅《くれない》、段吉《だんきち》と共に、りよ、風葉《かざは》の戦列に加わり、じわりじわりと外廊下のすぐ下にまで迫る。

一転して圧倒的不利な形勢となっているのに、不知火《しらぬい》は屈服した様子の欠片も見せず、俺たちに素早く目を走らせ、右手の刀で威嚇《いかく》する。

それにしても、さっきから不知火《しらぬい》の刀の持ち方が気になる。

短い刀を用いる小太刀術なら片手で戦う場合も多いけれど、忍び刀はそれほど短くない。長い刀を片手で持つなら、もう片方の手には小刀とか別の武器を持つのが普通のはずだけど……。

そうか！　あいつが〝鬼火猩々《おにびしょうじょう》〟に化けていたのなら、正体を暴いたあの時、風葉《かざは》の棒手裏剣を肩口にくらってるはず。それが左肩で、刀を持てないほどの傷を受けているに違いない。

俺はその左肩を狙い、不意に杖《じょう》を突き出した。

明らかに動揺した不知火《しらぬい》は、杖《じょう》を刀で払い上げ、振り下ろす一刀で俺を斬り伏せようとした。が、それは彼女の大きな過ちだった。

弱点を突かれた狼狽といらだちで、不知火《しらぬい》の全神経は俺だけに向けられた。そこを、麗《れい》が斬り込んだ。

それに気付いた不知火《しらぬい》は俺への打ち込みを中断し、麗《れい》の斬撃を受け止めようと刀を横にする。しかし、取り乱した不知火《しらぬい》の刀は、麗《れい》の鋭い一太刀によって床に叩き落とされてしまった。

丸腰となった不知火《しらぬい》は、神妙な顔になり、傷を受けているであろう左肩をいたわるように右手をやった。

それがフェイクであるとも知らず、俺たちは戦闘態勢の構えをわずかに解いた。

その途端、不知火《しらぬい》が背中の棒を抜き取り、太くなっている先端を目の前にある灯籠《とうろう》の火に付けた。

シュシュシュシュー！！！！！！！！！

棒の先端から飛び出した猛烈な火花が、庭に降り注いだ。驚いたみんなは、揃って後退りする。

不知火《しらぬい》は、その火花を俺たちの方向にも向けた。

火花は先端から四、五メートルも噴き出し、俺と麗《れい》も思わず顔を伏せた。

火花の噴射時間はごくわずかで、俺がすぐ顔を上げた時には、不知火《しらぬい》の姿はもうどこにも見えない。

この棒も、取火方《とりびかた》！　俺たちが使ったジャンボサイズじゃなく、手軽に使えるノーマルサイズだ。

「あやつ、どこへ隠れおった〜〜〜〜！」

「くそ〜、見つけたら、ただじゃ置かないぞ〜〜！」

有貴姫《ゆきひめ》と沙希《さき》がカンカンになって辺りを走り回り、段吉《だんきち》、風葉《かざは》、りよは殿舎《でんしゃ》の外周に沿って床下や屋根の上に目を凝らす。

日はまだ昇っていないけれど、随分明るさが増し、夜目が利《き》きやすくなってきている。

「所作を見てたら、あれはかなり逃げ足の速い類《たぐい》のくノ一やわ。追いかけるんは、ちょっと難しいやろな～」

紅《くれない》だけは、達観したように腕組みし、立ちながら周囲に目を配っていた。

「紅《くれない》さんと段吉《だんきち》さんが、ここまで助けに来てくれるなんて！　よく俺たちの居場所がわかりましたね？」

俺は、外廊下からぴょんと庭に下り、紅《くれない》に頭を下げた。

「内裏《だいり》に来たんは、関白《かんぱく》さんのご指示やったんや」

「殿下《でんか》の？」

「京都所司代《しょしだい》から、明智《あけち》の残党が内野《うちの》に集結してるていう報が大坂城にもたらされて、関《かん》白《ぱく》さんは帝《みかど》のことがそれはもう心配で、警固兵だけでは心許ないさかい、うちらも護衛に加わるよう命じはったんやがな。

それで、急いでここまで来てみたら、正体のわからん忍びが帝《みかど》を拉致して、高杉《たかすぎ》様やお仲間を縛ってる最中。びっくりして、とにかく鳥の子で目くらましを食らわし、段吉《だんきち》と庭の敵を一人ずつ片付けていったという訳でな」

「紅《くれない》さんには、お礼のしようが……」

「お礼やなんて、何を水くさいこと言わはるのん。何やったら、この後、どこか静かな場所で二人っきりになって……」

紅《くれない》が色っぽい目遣いを向けて、俺にしな垂《だ》れかかってくる。

「あーーーーーーーっ！　あなたは、いつぞやわたしたちをかどわかした踊り子隊の座頭！　一郎太《いちろうた》様から離れなさい！」

外廊下から飛び下りてきた麗《れい》が、俺の腕をぐいと引っ張って、紅《くれない》から引きはがす。

「あらまあ、貴方様は……三好麗《みよしれい》様やないか！　高杉《たかすぎ》様、麗《れい》様と再会を果たさはったんですな。それは、ほんまによろしゅうございました」

俺と引き離されたことは意に介さず、紅《くれない》はニコリとした。

「そうだ、麗《れい》さん！　君、ホントに記憶が戻ったんだね？　俺のこと、ちゃんと覚えてるの？……つまり、その……全部」

これだけは、念のために確認しておかなくちゃいけない。戻ってる記憶は、〝全部〟なのか。

「もちろんでございます……全て。それまでも過去の記憶が戻りそうになったことが、再三ありました。

近衛《このえ》家で一郎太《いちろうた》様の手料理を口にした折、一郎太《いちろうた》様を巡って姫様、沙希《さき》殿、りよが口げんかをしていた折、そして敵との斬り合いの最中、危ういところを何度か救ってくださった折……されど、いつも何故か胸が苦しく、妙に寂しい思いに囚われるだけで、何も思い出せず……。

それが、内野において、一郎太《いちろうた》様が小袖《こそで》について触れられたあの時……わたしが九尾山《くおやま》城で一郎太《いちろうた》様のために仕立て直し、今も着てくださっているこの小袖《こそで》に改めて目をやり、頭の中のモヤがわずかに晴れた気がしました。

そして、敵の隠れ家が爆発し、その衝撃《しょうげき》で体が吹き飛ばされた拍子に……何もかもはっきりと脳裏《のうり》に蘇ったのです！……あの秋葉原での出来事も……」

麗《れい》は、俺がタイムスリップして現代からやってきたという二人だけの秘密まで、ちゃんと思い出してる！

「じゃあ、内野《うちの》での爆発直後から……。何ですぐに言ってくれなかったの？」

「されど、あの折は、〝鬼火猩々《おにびしょうじょう》〟の正体が明らかとなり、帝《みかど》のご身辺に危険が及ぼうという一刻を争う土壇場が続き、とても言い出す機会など……」

「そうだよね……でも、本当に良かった……俺……俺……」

あんまり嬉しくて、目頭が熱くなってくる。

「一郎太《いちろうた》様、おのこが左様《さよう》に人前で涙を見せるものではありませぬぞ……」

そう言う、麗《れい》の目も真っ赤になっている。

遠目に見た俺たちの様子を妙に思ったのか、有貴姫《ゆきひめ》、沙希《さき》、りよ、風葉《かざは》、段吉《だんきち》が集まってきた。

「高杉殿《たかすぎどの》、いかがしたのじゃ？　雅《みやび》とじーっと見つめ合ったりなどして……」

有貴姫《ゆきひめ》が、のんきに聞いてきた。

「雅《みやび》さんじゃないよ……麗《れい》さんが、麗《れい》の記憶が戻ったんだ！」

一瞬、みんなは何のことかわからないようだった。でも、笑顔でうなずいた俺と麗《れい》を交互に見て、女の子たちは目を大きく見開いた。


「「「「えーーーーーーっ！！！」」」」


「もう、何も心配いらない。麗《れい》さんは、すっかり記憶を取り戻したんだから」

俺がそう話すなり、有貴姫《ゆきひめ》が、りよが、沙希《さき》が、麗《れい》に抱き付いた。

「麗《れい》！　麗《れい》ーー！　わらわをこんなに心配させおってーーー！　このバカ者ーーーーー！」

「もう元の麗殿《れいどの》には戻らないんじゃないかと、気が気でなかったんだぞーー！」

「麗様《れいさま》！　おかえりーーーーーー！」

「ご心配をおかけして、申し訳ございませぬ！　有貴姫様《ゆきひめさま》！　沙希殿《さきどの》！　りよ！」

泣き笑いの四人を傍《かたわ》らで見ている風葉《かざは》が、目の縁の涙を拭った。

喜び合う俺たちは、何頭もの馬の蹄《ひずめ》の音がどんどん近付いてくるのに気付いた。内裏《だいり》の外で馬を降りた一団が、こっちに向かってくる。

甲冑《かっちゅう》に身を包んだ武士たち。その背中には、大きく膨らんだ黄色の母衣《ほろ》が揺れている。

秀吉《ひでよし》の親衛隊・黄母衣《きほろ》衆だ！

それだけでなく、「花橘」の家紋を染め抜いた旗印を持つ一団。

あれは、前田玄以《まえだげんい》の部隊。その中には、信繁《のぶしげ》に肩車をしてもらった雀憐《じゃくれん》もいる。

黄母衣《きほろ》衆の中から、黄母衣《きほろ》を付けていない小柄な武将が、金色の軍配形の前立と熊毛を付けた椎実形の兜を外し、俺たちには目もくれず清涼殿《せいりょうでん》の階から外廊下に駆け上がった。

秀吉《ひでよし》本人である。

「天子《てんし》様ーーー！　天子《てんし》様は何処《いずこ》ーーーー！」

その声を聞いて、帝《みかど》と二人の親王《しんのう》が柱の陰から外廊下に顔を出した。

「おおっ！　天子《てんし》様！　親王《しんのう》様！　ご無事にございましたかーーーー！」

三人を見て取った秀吉《ひでよし》は、驚喜してその場へ擦り寄った。

「関白《かんぱく》、来てくれたんか」

ひざまずく秀吉《ひでよし》の前に、帝《みかど》が安堵《あんど》の表情で立った。

　庭にいる俺たちも、平伏する。

「ははーーっ！　遅れを取り、お詫びの申し上げようもございませぬ！」

「関白《かんぱく》が謝ることは、何もない。朕《ちん》（天皇の自称）や親王《しんのう》は、あそこにおる若武者に助けられたのやから」

　帝《みかど》が指した俺を見て、秀吉《ひでよし》が破顔《はがん》した。

「高杉《たかすぎ》！　ようやった！　ようやったぞーーーー！」

「いえ、俺だけじゃなく、紅《くれない》さんや段吉《だんきち》さん、それに仲間たちの力があったからこそで！」

「そうか！　皆もようやった！　褒《ほ》めてとらすぞ！」

　不知火《しらぬい》を逃がし、十六夜《いざよい》の行方もわからずでは、決して手放しでは喜べない。

　しかし、京の都を震撼させた〝鬼火猩々《おにびしょうじょう》〟と、明智《あけち》家残党による反乱事件は、無事解決した。

七章　名門復活

七章　名門復活

夜が明け、二条第《にじょうだい》に戻ってほんのわずかな休息をとった俺たちは、午後から再び内裏《だいり》に呼ばれた。ただし、この一行の中に、麗《れい》はいない。

紅《くれない》と段吉《だんきち》は、どんな内容かは知らないが、秀吉《ひでよし》からの新たな指令を受けて、とっくに姿を消していた。

昨夜、内野《うちの》での戦いが終わり、逃げた一味の探索と捕縛も一段落した後、信輔《のぶすけ》は左足のケガを治療するため、近衛《このえ》家の屋敷へと運ばれた。

しかし、疲労とケガの痛みで体がかなり弱っており、戸板に乗せられて運ばれる際、「雅《みやび》……雅《みやび》……」と何度も何度もうわごとのように呼んでいたらしい。それを前田玄以《まえだげんい》から聞かされ、麗《れい》は近衛《このえ》邸に戻って信輔《のぶすけ》の看病をすると言い出した。

「信輔《のぶすけ》様は、命の恩人。あの方が、衰弱して動けなくなったわたしに情けを掛けてくださったように、あの方の難儀に際し、わたしもできるだけのことはしなければなりませぬ」

そう言われると、俺たちには止められなかった。

麗《れい》は、記憶が戻った今も、信輔《のぶすけ》に好意を持ち続けているんだろうか……。これが麗《れい》の義理堅さと優しさだけから来ている感情ならいいんだけれど。

それを考えると、俺は二条第《にじょうだい》でまんじりともできず、ぼんやりとした頭のまま内裏《だいり》へと歩を進めた。


俺たちが案内されたのは、清涼殿《せいりょうでん》の中にある会議用の部屋・殿上間《てんじょうのま》の末席だった。

部屋の奥の中央にある玉座に帝《みかど》が座り、その左側には正装に身を包んだ秀吉《ひでよし》、信輔《のぶすけ》、菊亭晴季《きくていはるすえ》の各大臣が、右側に親王《しんのう》や太政官《だじょうかん》の重職たちが居並んでいる。

信輔《のぶすけ》の様子を見ると、まだ疲れが残っていて、しきりに左足をさすってはいるけれど、参内《さんだい》できるくらいだから、ケガは俺たちが思っていたよりも少しは軽かったのかもしれない。

俺のやや上座には玄以《げんい》が、右隣には信繁《のぶしげ》が座り、その後ろに女の子たちが控えている。

俺たちが着座してから、女の子たちの一番端に、麗《れい》も遅れてやってきた。

彼女は、西洋の衣裳から一転して、真新しい小袖《こそで》と袴《はかま》に着替えている。信輔《のぶすけ》の看病で一睡《いっすい》もしていないのか、目の下に薄いクマができていた。

「うおっほん！」

秀吉《ひでよし》が咳払いをして、末席の俺たちを見た。

「前田玄以《まえだげんい》、真田信繁《さなだのぶしげ》、そして高杉一郎太《たかすぎいちろうた》」

「「「ははっ」」」

呼ばれた俺たち三人は、ひれ伏す。

「此度《こたび》、都を騒がす〝鬼火猩々《おにびしょうじょう》〟の正体を暴《あば》き、反乱を起こして洛中《らくちゅう》を焼き払わんと企《たくら》んだ悪党一味をことごとく討伐した手柄は見事である。

天子《てんし》様よりも、格別のお褒《ほ》めのお言葉を賜《たまわ》った。よってここに宮中参内《さんだい》と天子《てんし》様への拝謁《はいえつ》を特別に許す。この栄誉は、子々孫々までの語り草となろう。わしからも、追って感状と褒美を取らす」

「「「**有り難き幸せに存じます！**」」」

俺たちは、さらに深く頭を下げる。

「ところで、関白《かんぱく》」

帝《みかど》が、思い付いたように秀吉《ひでよし》に語りかけた。

「はい、何でございましょう？」

「朕《ちん》から、一つ頼みがあるのや。聞き入れてくれまいかのう？」

「何と畏《おそ》れ多きこと。この関白《かんぱく》に、否やがあるはずもございませぬ。して、それは如何《いか》なるお話でございましょう？」

「うむ……向こうに控えておるあの若武者、高杉一郎太《たかすぎいちろうた》を、朕《ちん》の臣として譲ってはくれへんか？」

「ええっ!?」

秀吉《ひでよし》は、鳩が豆鉄砲を食ったような顔になった。

驚いたのは、この座に侍っている全員だ。

帝《みかど》が、俺を家臣に？

当然俺も面食らうと同時に、正親町《おおぎまち》天皇が一体何を言ってるのか、理解に苦しんだ。

「あの、あの、高杉《たかすぎ》を、でございますか？」

秀吉《ひでよし》も、相当まごついている。

「無理を言うてるのは承知や。そやけど、朕《ちん》や親王《しんのう》たちを、身を挺して救うてくれたあの若武者の勇気と胆力は、忘れることができひん。

叶うことやったら、朕《ちん》は長年有名無実の存在であった北面武士《ほくめんのぶし》を内裏《だいり》直属の衛士として復活させ、高杉《たかすぎ》にその指揮を委《ゆだ》ねたいのや」

「北面武士《ほくめんのぶし》ですか……なるほど……」

秀吉《ひでよし》も、それを聞いてある意味納得した顔つきになった。

北面武士《ほくめんのぶし》……平安時代後期、上皇《じょうこう》（皇位を退いた天皇の尊称）の身辺を護衛するため、院御所《いんのごしょ》（上皇《じょうこう》の御所《ごしょ》）の北面（北側の部屋）に詰めていた武士たちだ。

当時、絶大な権力を握っていた白河上皇《しらかわじょうこう》が創設し、院の直属軍として、寺社の強訴《ごうそ》などを防いだと言われている。

ところが、鎌倉時代に起こった承久《じょうきゅう》の乱で、北面武士《ほくめんのぶし》は壊滅し、以後は家柄を表す名前だけの存在として、明治維新まで存続したはずだった。

その北面武士《ほくめんのぶし》のリーダーに俺が？

天皇は、基本的に内裏《だいり》の中だけで生活する。直接兵士が真剣で斬り合う場面を見たのは、初めてなんじゃや？　それで、あんなに感動を？

「天子《てんし》様、分かり申しました」

「おお、譲ってくれるんか？」

「高杉《たかすぎ》は、拙者《せっしゃ》がその才を見出し、取り立てた者。天子《てんし》様をお守りするお役目には、適任でありましょう。

今は二〇〇石の知行《ちぎょう》を与えておりますが、それを天子《てんし》様にご負担参らせるのは畏《おそ》れ多うございます。それゆえ、高杉《たかすぎ》の禄は、是非ともこの関白《かんぱく》から出させてくださりませ。

これは関白《かんぱく》からのお願いでございますが、この日《ひ》の本《もと》において天子《てんし》様のご威光は、まだ九州、関東、東北において十分には及んでおりませぬ。天下安寧《あんねい》のために、高杉《たかすぎ》にはまだ忍《しの》び目付《めつけ》としての仕事をしてもらわねばならぬのです。

そこで、北面武士《ほくめんのぶし》の頭領であると同時に、この秀吉《ひでよし》ではなく太政官《だじょうかん》の忍《しの》び目付《めつけ》として、二つの任を兼務させる訳にはいきませぬか？」

「うむ……関白《かんぱく》の申し条は確かにもっともやが……」

「それに、拙者《せっしゃ》が天子《てんし》様に拝謁《はいえつ》させようとした霊験《れいげん》あらたかなる巫女《みこ》が、逆賊にさらわれたまま行方知れずとなっております。これすなわち、天子《てんし》様への反逆も同じ。

この逆賊を捕らえ、巫女《みこ》を取り戻す役目は、北面武士《ほくめんのぶし》に打って付けの任かと。加えて、逆賊の探索は、忍《しの》び目付《めつけ》の役回りともなりましょう」

秀吉《ひでよし》は、北面武士《ほくめんのぶし》として俺を形式的には帝《みかど》に渡しはするものの、これまでどおりの任務を続けさせようとしている。

「わかった。関白《かんぱく》の言うようにしよう」

「有り難う存じます。聞いたか高杉《たかすぎ》！」

帝《みかど》に礼をしてから、秀吉《ひでよし》は俺に振り向いた。

「はい！　謹《つつし》んでお受け致します！」

こうなれば、もうなるようになれ、だ。

流れに身を任せるしかない！

「よし！　お前は今日より、北面武士《ほくめんのぶし》の統領・高杉一郎太《たかすぎいちろうた》じゃ！」

玄以《げんい》や信繁《のぶしげ》が、笑顔で俺を祝福してくれている。

「あの、殿下《でんか》！　俺の家臣たちについてですが！　これまでどおり、一緒に行動をしても！」

ここも、確認しておかなければならない点だ。

「天子《てんし》様、高杉《たかすぎ》の家臣たちはいずれもおなごなれど、武勇においては男顔負けの者ばかり。北面武士《ほくめんのぶし》の名を汚すことはないかと」

「苦しゅうない。そのようにせい」

「天子《てんし》様のお許しが出た。引き続き、そちの家臣とせよ！」

「殿下《でんか》、それならば、俺にはまだ宿題が残っていました！」

俺は、後ろにいる麗《れい》を手のひらで指した。

「二〇〇石取りの武士として、俺が召し抱えなければならないもう一人の家臣に、この三《み》好麗《よしれい》を加えさせてください！」

それを聞いた麗《れい》がハッとなって顔を上げ、まじまじと俺を見た。

有貴姫《ゆきひめ》、りよ、沙希《さき》も、顔に期待をにじませる。

「し、しばし、お待ちを！」

ここで信輔《のぶすけ》が、割り込んできた。

「近衛《このえ》殿、いかがなされた？」

秀吉《ひでよし》が、怪訝《けげん》そうに隣を見た。

「天子《てんし》様の御前において私事を述べるはとても無作法ではありますが……今高杉《たかすぎ》が指名したのは近衛《このえ》家にて雅《みやび》の名で起居を共にし、この近衛信輔《このえのぶすけ》が正室として娶《めと》ろうとしている格別のおなごにございます！　賊の追跡に同道させるなど、もってのほか！　その件ばかりは、承伏《しょうふく》できませぬ！」

帝《みかど》が目を白黒させ、居並ぶ廷臣たちが驚いてざわめきだす。

「近衛《このえ》殿、まことで？　あのおなごは、上州《じょうしゅう》の小大名の家老の娘。家格の釣り合わぬおなごを、左大臣家《さだいじん》が正室にすると？」

秀吉《ひでよし》も、この信輔《のぶすけ》の発言には唖然《あぜん》としている。

「決心は変わりませぬ。ゆえに、高杉《たかすぎ》の家臣に加えるという話はなかったことにしていただきたいのです」

「ふ〜〜む、そういうことであれば、やむを得ませんな。高杉《たかすぎ》よ、左大臣家《さだいじん》のご正室を、お前の家臣にするのは無理じゃ。諦めよ」

秀吉《ひでよし》が、溜息《ためいき》混じりに告げた。

そんな……そんなことって……麗《れい》が信輔《のぶすけ》と結婚……嫌だ……そんなの受け入れられない。

かと言って、帝《みかど》と太政官《だじょうかん》の重職が列席するこんな場所で、俺の発言権はほとんどないに等しい。

異議を申し立てるなんて……不可能だ。

だけど、このままじゃ、麗《れい》は、俺の前からいなくなってしまう……。

俺は秀吉《ひでよし》に返答ができず、黙り込んでしまった。

「殿下《でんか》、高杉《たかすぎ》にもう異存はありませぬ」

信輔《のぶすけ》が、この議論を終わらせようとした。

それが、俺にとっては引き金になった。

「でも殿下《でんか》、彼女は俺たちと一緒に旅をしてきた掛け替えのない仲間なんです。瀬戸内で戦闘に巻き込まれ、それが原因で一時的に記憶を失ってしまいましたが、彼女が三好麗《みよしれい》であることに何も変わりはありません！」

諦めきれない思いが、俺を突き動かしてこんな台詞を吐かせた。

「うーむ……しかしのう、近衛殿《このえ》？」

「かつてはそうであったかもしれませぬが、今後は近衛家《このえ》の嫁、拙者の正室になるのです。高杉《たかすぎ》には何の恨みもなく、それどころか、あの者には大きな借りもあります。されど、この件ばかりはどうしても譲れません！」

「信輔様《のぶすけ》、それは俺だって！　俺も、決して引き下がれないんです！」

「高杉《たかすぎ》、雅《みやび》はすでに我が屋敷に住まい、暮らしを共にしているのだ！」

「記憶喪失となり、疲労困憊《こんぱい》していた麗《れい》さんが、助けてくれた信輔《のぶすけ》様の屋敷に居着くようになったのは当然の成り行きです。でもそれは……」

「お二人とも、ええ加減にしなされ！　ここをどこやと思うたはる！　いやしくも帝《みかど》の御前ですぞ！」

俺と信輔《のぶすけ》との言い合いに堪りかね、菊亭晴季《きくていはるすえ》が声を荒げた。

シュンとなって頭を下げた俺に対し、信輔《のぶすけ》は黙って晴季《はるすえ》から顔をそむけた。

関白相論《かんぱくそうろん》後の秀吉《ひでよし》の野望に加担する晴季《はるすえ》を、水面下で反目し合う相手と意識しているせいか、信輔《のぶすけ》が彼を露骨に嫌っているのが窺《うかが》える。

「のう、関白《かんぱく》。左大臣と高杉《たかすぎ》には、それぞれ言い分があり、詳しくは知らぬが何やら気持ちもわからいではない。そやけど、このままではラチがあかぬ。ここは両名の争論の種となっておるおなごの胸の内を聞いてやるのが、一番手っ取り早いのやないか？」

秀吉《ひでよし》に助言する正親町《おおぎまち》天皇の言葉には、俺への好意というか、信頼の情がにじんでいた。

だって、一介の侍である俺と、朝廷の最高位にある三つの官職の一つを占める左大臣とを同列に並べ、当事者以外の公平な裁定で事を治めようとしてくれたんだから。

「天子様のお言葉とあれば……では、そこに控えておるおなごよ、言いたきことがあれば、何なりと申せ」

秀吉《ひでよし》に指名された麗《れい》は、しばらく畳に手を付いたまま思い悩んだ表情で下を向いていたが、やがて決然として顔を上げた。

「あの……信輔《のぶすけ》様……」

名前を呼ばれた信輔《のぶすけ》は、優位に立ったことを確信し、胸を張った。

「うむ。雅《みやび》、お前の口から高杉《たかすぎ》に申し聞かせよ」

「信輔《のぶすけ》様……わたしはもはや、雅《みやび》ではございませぬ。三好《みよし》……麗《れい》にございます！」

「何を言い出す、雅《みやび》！」

「雅《みやび》なれば、信輔《のぶすけ》様の仰《おお》せに快《こころよ》く従ったでしょう。されど今のわたしは、三好麗《みよしれい》なのです！　二度と雅《みやび》には戻りませぬ。

三好麗《みよしれい》は、高杉一郎太《たかすぎいちろうた》様をお助けし、郷国へお帰りになる日までずっとお守りすると誓いました。何卒《なにとぞ》ご容赦ください！

この都で信輔《のぶすけ》様からお受けしたご恩は、生涯決して忘れませぬ！　そして、信輔《のぶすけ》様のお幸せを、夢が叶うことを、都から離れたどのような地にいても、心より願っております！」

涙で顔をぐしゃぐしゃにした麗《れい》が、畳に額《ひたい》を擦りつけるように平伏した。

ポカンとして聞いていた信輔《のぶすけ》が、やがてガクリと肩を落とした。

「雅《みやび》はもうどこぞへ行ってしもうたのか……おらぬのでは……仕方がない。関白《かんぱく》様、先ほどの拙者《せっしゃ》の発言……撤回いたします。どうぞ、そのままお進めください」

それを聞いた、麗《れい》がパッと顔を上げ、大きな目で信輔《のぶすけ》を、そして俺を見た。

「近衛《このえ》殿、まことに良いのか？　良いのであれば……高杉《たかすぎ》、改めて三好麗《みよしれい》を家臣とすること、相わかった！　海野有貴《うんのゆき》、村上沙希《さき》、りよと共に、準備を整え次第、賊を追い、巫女《みこ》を奪還するために、出立せよ！」

「はい！」

後ろにいる有貴姫《ゆきひめ》、沙希《さき》、りよが手を取り合って喜び合う。

隣の信繁《のぶしげ》が振り返り、複雑な表情でいる風葉《かざは》に声を潜めた。

「風葉《かざは》、お前も引き続き同行し、高杉《たかすぎ》を助けよ。ただし、真田《さなだ》の忍びとして、あくまでもこれから立ち寄るであろう諸国の情勢を探るのが役目ぞ」

「信繁様《のぶしげ》……確かに、承《うけたまわ》りました！」

風葉《かざは》の表情が、パッと晴れやかになった。

そんな中で、雀憐《じゃくれん》だけがまだ不安そうに俺たちの様子を見ている。

「関白殿下《かんぱくでんか》！」

俺は、秀吉《ひでよし》に声を上げた。

「巫女《みこ》の十六夜《いざよい》さんを探し出すためには、彼女について最もよく知る一番弟子の雀憐《じゃくれん》も欠かせません。雀憐《じゃくれん》も同道させたいのですが！」

「それはもっともじゃがのう……。危険な旅となろうゆえ、童《わらべ》を連れて行かせるのは気が引けるが……まあお前たちが付いておれば大丈夫じゃろう。よし、そうせい！」

「ありがとうございます！　殿下《でんか》！」

「やったぁ！」

跳び上がらんばかりに喜ぶ雀憐《じゃくれん》を、隣の風葉《かざは》が「天子《てんし》様の御前です！」と押さえ付ける。

「そうや、関白《かんぱく》。北面武士《ほくめんのぶし》を復活させるとなれば、朕《ちん》から高杉《たかすぎ》に授けるもんがある」

「は？　何でございましょう？」

帝《みかど》は側にいた侍臣《じしん》に目配《めくば》せし、三方に何かを乗せて俺の前に持ってこさせた。

三方に乗っているのは、黒い鉢巻きの額《ひたい》部分に茶色い鉄の薄板を取り付けた額金《ひたいがね》だった。額《ひたい》の中央部分に金色の菊花紋章が付けられている。

「北面武士《ほくめんのぶし》は、皇家に直属する武士。それは、三〇〇年ほど前に、実際に北面武士《ほくめんのぶし》が身に付けていた額金《ひたいがね》や。高杉《たかすぎ》が持つのに相応《ふさわ》しい防具やろうと思うてな」

「天子《てんし》様、何たる麗《うるわ》しきお心遣いを。高杉《たかすぎ》、何をしている。早う頂戴せんか！」

「は、はい！」

俺は、緊張で手を震わせつつ、額金《ひたいがね》を手に取った。

これで俺は……北面武士《ほくめんのぶし》……しかも、その頭領。

ちょっとの間、頭が真っ白になっていた俺だけど、すぐ我に返り、額金《ひたいがね》を捧げ持って帝《みかど》に深くお辞儀をした。

有貴姫《ゆきひめ》が、りよが、沙希《さき》が、風葉《かざは》が、雀憐《じゃくれん》が……そして麗《れい》が、俺を眩《まぶ》しそうに仰ぎ見ている。

「めでたい！　めでたいのう！」

秀吉《ひでよし》が、歓声を上げながら、しょんぼりしている信輔《のぶすけ》の肩を叩いて励ます。

殿上間《てんじょうのま》に、明るいざわめきがこだまする。

……だけど、俺たちの行く手には、謎の敵の恐ろしい魔の手が刻々と迫ろうとしていた。

俺たちはそのことを……まだ知らない。


（「戦国ぼっち8」おわり）

あとがき

本作のメインヒロイン的存在でありながら、第五巻以降〝行方不明状態〟になっていた三好麗も、ようやく一郎太の一行に戻ってきました。レギュラーヒロインとゲストヒロインを問わず、最も高い人気を得ている麗の復帰に、安堵してくださった読者の方も多いのではないでしょうか？

七巻に続いて、今作の舞台となった京の都（京都市）は、私の生まれ育った故郷でもあります。大抵執筆前には物語の舞台となる土地へ実際に足を運び、当時の風景を再現するための参考にするのですが、今回は土地勘もあってスムーズに回れただけでなく、これまでにないノスタルジックな探訪となりました。

近衛家の跡地は、現在京都御苑の中にあり、桜の名所にもなっていることから、今春訪ねた時は花見客で大賑わいでした。そしてそこは、かつて私が通っていた中学校の通学ルートでもあったのです。当時の私の実家は京都御苑の北東に近接し、中学校は御苑の西側にあったため、毎日この広大な公園の中を突っ切って通学していたんですね。

終盤、一郎太たちが激しい戦いを繰り広げる内野（平安京大内裏跡地）があったのは、昔からの一戸建て住宅と低層ビルが混在密集するエリアで、ここも中高生の時に友人と自転車でよく行き来した場所。

秀吉時代の京都所司代が入っていた二条第跡は、私が社会人となって転勤を重ね、大阪勤務となった時に住んでいたマンションから歩いて五分ほどの所でした。

一郎太たちが信輔と雅を尾行している最中、地元の荒くれ者たちに絡まれた四条河原の周辺は、今も昔も庶民が集う繁華街。学生時代はもちろん、社会人になってからも、楽しかったり、ほろ苦かったりと、酒や恋や友情にまつわる多彩なエピソードを随分と経験したもんです。

こうしてみると、七巻と八巻で一郎太たちが歩き回った場所の全ては、偶然なのか、自然となのか、私にとって懐かしい思い出ある土地ばかりなのだと、後になって改めて気付かされます。

時代が異なるとはいえ、そんな記憶がぎっしりと詰まった京都で繰り広げられる物語の執筆は、締め切りを前にした焦りや苦しみも比較的少なく、どちらかと言えば心地よいものとなりました。

さて、前後編となっている七巻と八巻において、得体の知れない敵として登場させた〝鬼火猩々〟ですが、京に光る魔物が現れ、都の人々を恐怖に陥れるという大筋は、かなり早い段階から着想を得ていました。それは、五巻と六巻の原案を固めるよりも以前なので、今から一年半以上前になるでしょうか。

原案では、光る魔物の名前は〝光魔《こうま》〟としていたのですが、出版社の編集担当さんとのミーティングの中で、もっと不気味で強そうな名前にしようということになり、日本の様々な妖怪の名前も参考に候補名を考えました。しかし、なかなかしっくりした名前が浮かばず、最終的には日本に古来から伝わる二足歩行の架空動物〝猩々〟と、真夜中に空中を浮遊する火の玉である〝鬼火〟とをミックスし、〝鬼火猩々〟というオリジナルの魔物に仕立てたのです。

闇夜に光るという設定は、現代なら蛍光塗料の他にも、電飾と電池ボックスを仕込むとか、ケミカルライトを使うとか、いろいろ考えられますが、舞台は戦国時代。そこで、発光生物の総合専門家としても活動されている名古屋大学大学院生命農学研究科・助教の大場裕一先生のアドバイスも受け、トリックの中身を固めていきました。大場先生には、面識もない私にお忙しい中懇切丁寧なご指導をしていただき、心から感謝しています。

約二年半の間に八巻まで発刊できた「戦国ぼっち」シリーズですが、もしまだクロスオーバー作品「忍びっ娘ヴァルキリー」を読んでいない方がおられるようでしたら、是非お試しください。「あっ、これってそういうことだったのか」と腑に落ちるギミックや、「戦国ぼっち」シリーズの背景をさらに深く楽しめる工夫なども施していますよ！

（瀧津　孝）

好評発売中！
戦国ぼっちクロスオーバー作品
忍びっ娘ヴァルキリー
落第くノ一忍法帖
風魔の野望を砕け！
落第ふんどし忍者娘!!
天正一二年（一五八四年）信濃国。真田の庄に、ポニーテールの美少女がいた。少女の名は「風」。どことなくあどけなさが残る風は〝くノ一〟になるための試験を受けるため、はるばる京よりやって来たのであった。風は抜群の成績を収めるものの、最終試験をとある理由で落としてしまう。

風葉がまだ
"風"だった頃――
風を助ける
親友・楽と舞
ふんどし忍者の
秘密とは？
何故、カエルが
苦手なのか？
明かされる
風葉の過去と秘密

忍びっ娘

榴ノ杜ぶんこ
©HIFUMI SHOBO
著者：くしまちみなと
イラスト：藤ちょこ
本体660円＋税
文庫判　252ページ
1巻好評発売中!!　2巻今秋発売予定!!

©Takehaya
風とリュートの調べにのせて
Written by
Illustration by
健速×アカバネ
魔王大戦終戦から200周年、フレイスライン王国は記念式典の準備で追われていた。
忙しく準備を進める第一王女セレスティーナとその二人の妹達。
その傍らには、王女たちの幼馴染で王宮魔術師見習いであるアレックスの姿もあった。
しかし平和を願う式典に、忍び寄る黒い影があった…！
健速×アカバネの強力タッグでおくる、本格ファンタジー小説。
第1巻～第8巻 好評発売中!

©HIFUMI SHOBO
桜ノ杜ぶんこ
『るいは智を呼ぶPLUS -魔女たちと太平洋の星-』の
日野亘 × さえき北都 コンビが送る
ゲームブックを題材にした新作ノベル！
PG14
パラグラフ・フォーティーン
Written by WATARU HINO
Illustration by HOKUTOSAE
死へ続く
パラグラフを回避せよ！
1～2巻
好評発売中
著者／日野亘
イラスト／さえき北都
文庫判
価格：760円+税
地方都市T県奥志麻で暮らす千里一條は、他人には見えない一冊の『本』に憑かれていた。
一條の人生が物語として著《か》かれたこの『本』は、人生の重要な分岐点が訪れると、
幾つかの選ぶべき道を示してくれるのだ。
ある夏の日、そんな『本』に憑かれた日常を送る一條の前に、一人の少女が現れる。
しかし、彼女との出遭いで開かれた『本』のページは、「世にも恐るべき選択視」で埋め尽くされていた……。
彼女――叔美は何者なのか!? これは、とある少年《ほん》と少女《しにがみ》が出逢う物語――。

桜ノ杜ぶんこ

戦国ぼっち 8

Protect Kyoto from the evil !!

発　行
2015年8月20日　初版第一刷発行

著　者
瀧津　孝

発行人
長谷川　洋

発　行
株式会社一二三書房
〒102-0072　東京都千代田区飯田橋2-14-2　雄邦ビル
03-3265-1881

印　刷
中央精版印刷株式会社

作品の感想、ファンレターをお待ちしております。

〒102-0072
東京都千代田区飯田橋2-14-2　雄邦ビル
株式会社一二三書房
瀧津　孝 先生／みことあけみ 先生

Printed in japan, ISBN 978-4-89199-348-1